Contemporánea

Cristina Rivera Garza. Autora. Traductora. Crítica. Es la primera escritora en ingresar a El Colegio Nacional de México. Sus libros más recientes son su antología poética *Me llamo cuerpo que no está*, *El invencible verano de Liliana* (ganador del premio Xavier Villaurrutia 2021), *Autobiografía del algodón* y *Grieving. Dispatches from a Wounded Country* (The Feminist Press, 2020, traducido por Sarah Booker, finalista del NBCC Award). En 2020 obtuvo la MacArthur Fellowship. Catedrática Distinguida M. D. Andersen y fundadora del doctorado en Escritura Creativa en español en la Universidad de Houston.

Cristina Rivera Garza

Ningún reloj cuenta esto

DEBOLS!LLO

El papel utilizado para la impresión de este libro ha sido fabricado a partir de madera
procedente de bosques y plantaciones gestionadas con los más altos estándares ambientales,
garantizando una explotación de los recursos sostenible con el medio ambiente y beneficiosa para las personas.

Ningún reloj cuenta esto

Primera edición en Debolsillo: noviembre, 2023

penguinlibros.com

Diseño de portada: Penguin Random House / Laura Velasco Borrero
Imagen de portada: © iStock
Fotografía de la autora: © Marta Calvo

ISBN: 978-607-383-762-0

Impreso en México – *Printed in Mexico*

Índice

a lrg

hdhg
mrdh

Todo esto
agítase, ahora mismo,
en mi vientre de macho extrañamente.

CÉSAR VALLEJO,
Al revés de las aves del monte

Nostalgia

La primera vez que soñó con el lugar no pensó que, con el tiempo, se llegaría a convertir en una obsesión. Había sido, de hecho, uno de esos sueños ligeros, compactos, de los que dejan un buen sabor de boca al despertar porque se recuerdan completamente y se olvidan de la misma manera apenas unos segundos después. Esa mañana abrió los ojos y los volvió a cerrar, estiró los brazos y, cuando estuvo en el baño, bajo el agua fresca de la regadera, lo recordó por completo. Iba manejando un auto viejo, de color blanco, sobre una vía rápida llena de tráfico. A lo lejos, detrás de unas lomas secas, se veía un grupo de nubes teñidas de púrpura y escarlata. Más atrás solo se apreciaba la puntiaguda luz amarilla característica del invierno. Mientras avanzaba a vuelta de rueda trató de encender el radio para distraerse pero, después de intentarlo varias veces, se dio cuenta de que el aparato no funcionaba. Luego, aburrido, en busca de algo interesante en el ambiente, se dedicó a observar a los otros automovilistas. Todos, incluidos los niños, veían hacia el final de la vía como si se tratara de una salvación o de un premio. Su concentración tenía mucho de resignación y muy poco de esperanza. Seguramente por eso nadie notó que, conforme el camino se volvía más empinado y los colores de la tarde más punzantes sobre los ojos, aparecía una salida. No había letreros que la anunciaran ni seña de identificación alguna sobre las esquinas. Se trataba de una callecita de dos carriles, sobre cuyo pavimento en mal estado transitaba otro par de coches con la pintura tan oxidada como la de su propio auto, muchos perros, y hasta un par de burros. La presencia de los cuadrúpedos lo obligó a reducir la velocidad, mirar constantemente el espejo retrovisor y los espejos laterales. No quería atropellar a nadie. Así, con precaución, con una cautela inusual, se dio cuenta de que había llegado al lugar. No era un sitio hermoso y ni siquiera especial. De hecho, el lugar parecía sentirse a gusto con el caos y ese efecto de fealdad que provocaba la falta de planeación. El trazo de las calles y la diversidad de estilos arquitectónicos de los edificios dejaban en claro que no había ningún experto a cargo del proceso urbano. Por las piletas de agua en donde abrevaban algunos perros y la serie de carretas estacionadas a un lado de las banquetas, se sabía que los reglamentos públicos eran pocos y que los miembros de la policía no acostumbraban multar con demasiada frecuencia. Pronto, las sombras del atardecer no le permitieron ver mucho más. Él encendió los faros del vehículo y continuó manejando a la misma velocidad hasta que se detuvo frente a un edificio de lejanas influencias coloniales, con los techos cubiertos de tejas y las paredes pintadas con cal. Cuando levantó la palanca del freno de mano supo que, frente a él, se encontraba el objetivo de su viaje. *Se renta*. El anuncio pintado a mano no añadía más información. Cuando abrió la puerta del coche, el calor de la atmósfera casi lo obligó a volver atrás. No lo hizo. En lugar de eso se quitó el saco de casimir, se arremangó la camisa, tomó el portafolio que había estado en el asiento del copiloto y, con una sonrisa socarrona en la boca, pensó que esos cambios drásticos de temperatura solo acontecían en los sueños. La posibilidad de estar dentro de uno de ellos le causó una alegría singular, una extraña seguridad en sí mismo.

—Vengo por lo del departamento —le dijo a una mujer de edad indeterminada que apenas si dejó de restregar ropa sobre un lavadero de piedra cuando escuchó su voz.

La mujer no le respondió. En silencio extrajo una llave de los bolsillos de su delantal de flores azules y se la dio.

—Está en el tercer piso —dijo—. Vaya a verlo usted mismo.

La escalinata estaba pintada de rojo, al igual que los bordes de las puertas y las ventanas. El contraste entre ese color y el blanco casi iridiscente de la cal menguaba un poco con las losas de terracota que cubrían la totalidad del piso. Los barandales de hierro forjado le daban un aura de cosa verdadera a un edificio que, de otro modo, parecía estar ahí a la fuerza.

—¿Qué hace aquí? —le preguntó una mujer con un niño en los brazos, apenas al abrir la puerta del departamento 303.

Sorprendido por la presencia de la mujer, turbado por su mirada vacía y la marchitez de su piel poblada de pecas, no supo qué contestar. Inmóvil, con la boca abierta, no hizo más que quedarse de pie bajo el dintel, sin quitar la mano de la cerradura. Alguna vez, de niño, había hecho una cosa parecida. Se había quedado inmóvil frente a algo sorprendente, algo que ya no recordaba. La rigidez, sin embargo, no era causada por el miedo. Algo dentro de su cabeza le decía que, de moverse, el momento, ese segundo, acabaría.

—Esa doña Elvira —dijo finalmente la mujer—. Siempre se le olvida que ya rentó el departamento y deja subir a toda clase de extraños a mi casa.

Antes de acabar la oración ya había alcanzado una orilla de la puerta con su mano derecha y, sin miramiento alguno, la cerraba, empujándolo hacia fuera.

—No fue mi intención —dijo él, sabiendo que dentro de algunos sueños las mujeres con más de cuatro hijos nunca podrían estar de buen humor.

Cuando regresó al patio central del edificio, doña Elvira ya se había marchado. En su lugar se encontraba un perro que lamía el tallador como si se tratara de su último alimento. Oyendo el chasquido de la lengua canina contra la piedra y los murmullos de los que se disponían a cenar, no pudo sino agradecer el hecho de que el departamento ya se hubiera rentado. No le hubiera gustado vivir en un edificio donde el color rojo fuera tan visible. Además, estaba seguro de que pronto hallaría algo mejor. Cuando regresó a su coche pensó en lo afortunado que era: había encontrado la salida de la vía rápida y podía regresar al lugar en el momento que quisiera. Entonces, justo antes de encender la máquina, se volvió a observar la noche. La luz de las estrellas agujereaba un cielo compacto y negro, mientras que un halo color anaranjado envolvía a una luna pálida y borrosa, de cualquier manera redonda. Con el ruido del motor en movimiento, se despertó. Abrió y cerró los ojos casi al mismo tiempo, estiró los brazos, sonrió. Luego, ya en el baño, bajo la regadera, recordó el sueño y supo por qué se encontraba de buen humor. Más tarde, entre las actividades del día, lo olvidó.

Regresó al lugar varias veces, siempre de manera distinta. Durante su segundo recorrido descubrió unos campos de frijol bordeados de lavanda y alcachofas. El paisaje le hizo recordar la palabra *bucólico* con un dejo de pesadez bajo la lengua. Manejaba un auto compacto igual de viejo que el anterior, pero en esta ocasión el vehículo era de color verde pistache. Los edificios y los caseríos irregulares quedaban atrás. Frente a él se abrían caminos de tierra, veredas zigzagueantes por las que no transitaba nadie a esa hora del día. Supo que se trataba del lugar por la sensación que le producía el viento sobre la cara. Era algo tibio detrás de los ojos, algo suave dentro de las manos. Se trataba, sin ninguna duda, de la seguridad. El sitio, le dio gusto descubrirlo, tenía una frontera por la cual se asomaba la naturaleza viva en perpetuo proceso de crecimiento.

En su tercera visita llegó a conocer algo del centro de ese espacio. En esta ocasión no conducía auto alguno, sino que caminaba bajo la luz aplastante del mediodía. Mientras avanzaba sobre la acera, tratando de protegerse bajo la exigua sombra que producían los muros, no pudo recordar cómo había llegado hasta ahí. El sueño lo había transportado con sus manos transparentes hasta esa calle y, una vez sobre la banqueta, lo había abandonado sin mapa alguno. Le costó un poco de tiempo orientarse y todavía un poco más reconocerlo. Al principio, de hecho, no supo que se encontraba ahí. No fue sino hasta después de haber caminado calle arriba y, luego, calle abajo que volvió a estar seguro. Claro que era el lugar. Se trataba una vez más de su sitio. Las calles eran estrechas y las paredes pintadas de colores estridentes portaban grandes anuncios de comercio. Había tintorerías por cuyas puertas salía un humo blancuzco con olor a limpio. Los empleados, una pareja de mediana edad y de ojos rasgados, lo vieron con indiferencia cuando él pasó de largo. Había papelerías. Había bibliotecas en cuyos estantes se alineaban libros con caracteres conocidos cuya organización sobre el papel, sin embargo, producía palabras cuyo significado ignoraba. Quiso hojear uno pero, cuando ya casi lo tenía en las manos, una empleada le pidió su identificación. Como siempre en sus sueños, no llevaba cartera. Sus bolsillos estaban vacíos. Sin resquemor alguno, sin amabilidad siquiera, la empleada le arrebató el libro sin darle explicaciones. Entonces le dio la espalda y, mientras regresaba a su escritorio, el ruido de los tacones sobre los mosaicos adquirió el ritmo de un telégrafo. Había, por cierto, una oficina de telégrafos en el lugar y un edificio de correo donde hombres uniformados de azul caminaban con la vista altanera. Uno de cada cinco negocios era un restaurante. Entró en el que le pareció más limpio. Se trataba de un establecimiento modesto donde una mujer de cierta edad cortaba papas en trocitos pequeños y contestaba el teléfono al mismo tiempo. Cuando se percató de su presencia, mandó el menú con un niño largo, de grandes ojos negros.

—¿Qué me recomiendas? —le preguntó él, mientras leía los nombres de los platillos: xianiaqué, copesuco, liloduew, jipo.

—No sé qué le guste —le contestó el niño alzando los hombros con indiferencia.

—Casi todo —dijo él, tratando de ser amable.

—Pues pida eso —concluyó el niño.

Luego, sin esperar su respuesta, salió del restaurante a toda velocidad.

La mujer le trajo un plato lleno de alimentos desconocidos de los que emanaban, sin embargo, aromas suculentos. No le había pedido nada pero, como en ese momento notó que tenía apetito, le agradeció la elección.

—Es el liloduew del día —le informó la mujer, quien sacó un par de tenedores de plástico de la bolsa de su delantal y, sin más, se fue a contestar una nueva llamada por teléfono.

Al inicio pensó seriamente en la posibilidad de darle el plato completo al perro que estaba recostado cerca de la puerta de la entrada, pero el hambre terminó por vencerlo. Tenía miedo de contraer una tifoidea o de estar comiendo excremento sin saberlo pero, apretando los ojos, se armó de valor. Probó una serie de frutos con una lejana semejanza a las papas que, sin embargo, eran de color morado. A su lado había una montaña de verduras que, en ciertos lados de la lengua, tenían el sabor picante de la arúgula, pero en otros no sabían a nada. Todo estaba cubierto por una salsa de color negro en la cual navegaban pequeñas semillas ovaladas. Arriba de eso, como coronando el platillo completo, se hallaba una flor de cinco pétalos largos cuyos pistilos parecían dientes muy afilados. La posibilidad de estar digiriendo una flor carnívora le recordó que se encontraba dentro de un sueño y, justo como le había acontecido la vez anterior, este conocimiento lo llenó de autosatisfacción y entereza. Entonces se devoró el contenido del plato y pidió más.

Después de su tercera excursión empezó a dibujar uno de los primeros mapas del lugar. No tenía muchas herramientas para hacerlo, pero poco a poco, a fuerza de recordar detalles, pudo esbozar trazos en una hoja de papel blanco tamaño carta. Lo hizo durante su hora del almuerzo, dentro de su oficina, con el sol del verano sobre la espalda. Estaba seguro de que el sitio se encontraba hacia el este de una vía rápida donde el tráfico, paradójicamente, siempre avanzaba de una manera por demás lenta. Sabía que en una de sus fronteras, tal vez hacia el norte, crecían frijoles y flores de aromas seductores. Sabía que en el centro de ese espacio se desarrollaba el mundo burbujeante del comercio. Le faltaba, pensó entonces, conocer el oeste y el sur. Y planeó hacerlo en sus siguientes viajes.

No supo si fue en el cuarto o quinto recorrido que volvió a pasar por el edificio de tejas donde había querido rentar un departamento. Lo observó desde su auto. El color blanquecino de la cal le recordó, de pronto, el mar, pero por más que vio a su alrededor y luego hacia el horizonte no detectó señal alguna del océano. El olor, de hecho, era de tierra seca, de valle que se eleva en el centro mismo del planeta. Con esa nueva convicción dentro de la mirada, volvió a enfocar el edificio. Doña Elvira seguía restregando ropas sobre el lavadero de piedra y la mujer de los muchos hijos corría tras ellos con un grito permanentemente pegado a la garganta. El patio central que, durante su primera visita, lucía losetas de terracota, ahora estaba cubierto de grava. Además, los tendederos que cruzaban el patio y de los que colgaban sábanas percudidas, overoles y cortinas, impedían la visión del conjunto. El ruido que producía una alebrestada horda de niños corriendo de un lado a otro, como si hubieran sido atacados por un mal sin remedio, le resultó insoportable. Antes de lo que imaginó se vio obligado a encender el auto y a pisar el acelerador con suma urgencia. Qué bueno que no pudo rentar ese departamento, volvió a pensar. Y le agradeció algo a su suerte en silencio.

En lugar de dejarse llevar, esta vez quiso avanzar hacia el oeste. Supuso que lo lograría si continuaba dando vueltas hacia la izquierda pero, pronto, se dio cuenta de su error. Ese método lo llevó de regreso al centro, por lo que sospechó que las calles estaban ordenadas en forma de espiral. En lugar de sentirse frustrado, estacionó el auto detrás de una carreta y empezó a caminar. Dos cuadras más tarde, casi chocó con el niño de los ojos negros al dar vuelta a una esquina. Él lo reconoció, pero no se detuvo a saludarlo. Parecía tener prisa.

—¿Me podrías hacer un favor? —le preguntó cuando finalmente pudo emparejarle el paso.

El niño se volvió a verlo con fastidio en el rostro y no le contestó nada. Tampoco disminuyó su velocidad al andar.

—Quiero conocer bien este lugar —empezó a murmurar por detrás de su hombro derecho—, pero siempre me pierdo. ¿Te gustaría mostrarme los alrededores? —finalmente le preguntó, ya casi sin respiración.

El niño se detuvo, súbitamente interesado.

—¿Cuánto me vas a pagar? —le preguntó a su vez.

Él se introdujo las manos en los bolsillos del pantalón sabiendo que no encontraría nada pero, en el último momento, tocó el borde de tres monedas manoseadas. Las extrajo y, una a una, se las mostró al niño con suma satisfacción. El muchacho se las arrebató y siguió caminando a toda prisa.

—Espérame —le gritó cuando estaba a punto de perderlo de vista entre el gentío de la calle—. Quiero ir hacia el oeste —le informó.

El niño se volvió a verlo y lo miró con sorna.

—Por tres monedas solo te puedo llevar hacia donde yo voy —le aseguró.

Él pensó que eso era mejor que nada y, porque no tenía alternativa alguna, lo siguió.

Después de cruzar puentes de madera sobre riachuelos llenos de basura y de dar vuelta en esquinas como calles inclinadas, tras cruzar un gran muro de piedras que parecía separar el adentro del afuera, se introdujeron en un laberinto lleno de gente, animales y ruido. Estaba seguro de que no había visitado esa zona con anterioridad y, por eso, puso especial atención en los detalles para poder añadirlo a su mapa en crecimiento. El niño lo llevó hasta una plaza donde se alzaban largos eucaliptos y sauces encorvados y, una vez ahí, lo abandonó por completo. Esa fue la primera ocasión que sintió terror en sus sueños. No sabía qué hacía sobre esa banca, observando perros que se lamían las patas y palomas que elevaban el vuelo apenas el viento cambiaba de dirección. No sabía qué sentido tenía seguir viendo las torres de una iglesia a la que le hacían falta las campanas. No sabía cómo había llegado y, sobre todo, no tenía la menor idea de cómo salir de ahí. Además, la plaza estaba llena de basura, bolsas de plástico, excrementos de perro, muñecas rotas. No era el tipo de sitio que le gustara. Tan pronto como pasó el primer azote de la sorpresa, se puso de pie y empezó a caminar sin dirección alguna. Lejos de orientarse, a medida que avanzaba sobre las veredas de tierra se perdía más. Pronto, seguramente debido al terror, perdió el conocimiento. Y entonces despertó. Abrió y cerró los ojos, como siempre, pero esa vez no se incorporó para ir al baño. En vez de levantarse se acurrucó bajo las sábanas, como si intentara protegerse de algún golpe metafísico. La luz del mediodía lo descubrió, después, dibujando trazos extraños sobre una hoja de color blanco.

Días más tarde pensó que se había tratado del oeste. La idea le llegaba a oleadas puntuales después de regresar de trabajar. Al principio evitó acordarse de eso, pero conforme desaparecía la sensación abrumadora del terror, volvió a ocuparse del diseño de su mapa. Una tarde, mientras caminaba frente al malecón de la ciudad donde vivía, vio la puesta del sol. De inmediato recordó que, en el sueño de la plaza, el atardecer había crecido poco a poco, de manera sospechosa, frente a sus ojos. Entonces no tuvo duda alguna de que, ciertamente, había logrado dar con el oeste del lugar. Un escalofrío le recorrió la espina dorsal cuando terminó de digerir el pensamiento. En el futuro, pensó, tomaría sus precauciones y nunca, ni siquiera por equivocación, volvería a ir hacia el oeste. Tal vez se trataba de su propia versión del infierno. Tal vez, pensó con tristeza, su lugar carecía de paraíso.

Esa nueva duda lo llevó a buscar desesperadamente el sur. Entonces empezó a tomar sus precauciones. Antes de dormir bebía al menos tres vasos de agua para evitar una posible deshidratación. También decidió cargar una brújula dentro del bolsillo derecho de su pijama. Pronto desarrolló una nueva costumbre: apenas si llegaba al lugar, extraía su brújula y buscaba su punto de orientación. La gente, que al inicio se asombraba ante el ritual, pronto le dejó de prestar atención. Pensaron que se trataba, seguramente, de algún científico despistado. Él, por su parte, no se dejó amedrentar ni por la atención ajena ni por la falta de atención ajena. Día tras día, visita tras visita, lo intentaba. Pero día tras día, visita tras visita, fracasaba en su intento. El sur era elusivo. El sur tal vez no existía. La posibilidad lo llenó de pesar y el pesar lo obligó a reducir la velocidad de sus paseos. Fue por eso, gracias al pesar, que finalmente empezó a poner atención en la gente que se movía a su lado. Se trataba, sin lugar a dudas, de seres humanos, no muy distintos en aspecto al suyo propio. Había hombres y mujeres, niños y ancianos, y todas las variantes posibles entre ellos. Nada fuera de lo común. Cuando se aproximaba lo suficiente, contaba el número de sus dedos: cinco por cada mano, cinco por cada pie también. Algunos llevaban ropas holgadas que les permitían moverse con libertad; otros traían puestos atuendos entallados que resaltaban la forma de sus cuerpos. Olían a cosas humanas también, sudor, por ejemplo. Lo que más le gustaba, sin embargo, era su manera de hablar. Pronunciaban las vocales como él, de una manera amplia. Y producían un chasquido peculiar cuando llegaban al ronroneo de la letra erre. Más que oír, degustaba el ritmo de su vocabulario, esa melodía sin nombre. A medida que el número de semejanzas aumentaba, constataba que su sueño no era, después de todo, tan ajeno a la realidad. Esa certeza alejó al pesar y atrajo una suerte de azoro simple, unívoco, muy parecido a la alegría. Lo único que le faltaba, sin embargo, era encontrar el sur.

En su siguiente recorrido dejó la brújula de lado y decidió usar a los astros como guía. Identificó, casi de inmediato, a la Estrella Polar y, después de buscarla por un buen rato, reconoció la Cruz del Sur. Acto seguido, emprendió su nuevo camino con la energía y la determinación de alguien que siente el éxito asegurado. Todavía no se cansaba cuando el paisaje a su alrededor empezó a cambiar. En lugar de las calles estrechas y los caseríos irregulares a los que estaba acostumbrado, se internaba ahora en una zona que, tanto por su geografía como por su arquitectura, poco tenía que ver con el lugar. Había casas de techos altos donde anidaban palomas blancas. Había avenidas en cuyos camellones crecían palmeras y margaritas. Las ondas desiguales de una música sincopada llenaban el ambiente de anticipación y movimiento. Mientras se perdía con gusto entre callejones empedrados y daba vuelta en esquinas tapizadas de buganvillas, se dio cuenta de que muchas de las casonas habían sido salas de cine con anterioridad. De hecho, entre más se fijaba en sus fachadas, más notaba los sitios donde habían estado las marquesinas. Cuando un jardinero de ademanes generosos le permitió merodear por el interior de una de esas residencias, igual se perdió con gusto entre los jardines floridos y los pasillos interiores de una sala de cine que hacía las veces de albergue familiar. La amplitud del espacio le producía un placer evasivo y dulzón, parecido a ciertos perfumes femeninos. Así, saliendo y entrando de casas y callejones, volvió a sentir esa sensación tibia y calmada que él asociaba únicamente con el lugar. Esta era la mejor evidencia que tenía para comprobar que, a pesar de las apariencias, la zona no estaba afuera o atrás, sino dentro del mismo corazón de su lugar.

El hallazgo del sur lo embargó de alegría por mucho tiempo. Los colores eran más agudos y el aire menos ríspido en esos días. Una renovada confianza en sí mismo le dio rienda suelta a nuevos proyectos. Probaría todos y cada uno de los platillos del restaurante más limpio, se dijo. Aprendería el significado de las palabras que adornaban el dorso de los libros en la biblioteca, aseguró. Daría con la historia del lugar y, si no existía, encontraría alguna manera de documentarla. Haría amigos entre los lugareños, formaría una familia. Algún día, si podía, se dolería por alguien a quien pudo haber amado. Después, con el tiempo, tal vez hasta cambiaría su ciudadanía. Poco a poco, conforme llevaba a cabo cada uno de sus planes con una actitud metódica y serena, su rostro fue adquiriendo las arrugas de un hombre acostumbrado a reír, los gestos de alguien satisfecho con su suerte. Entonces, sin saber por qué, le surgieron inquietudes inesperadas. Quiso ir más lejos aún. Tenía deseos de conocer el más allá de su lugar, pero no sabía cómo hacerlo. El desasosiego que cubría su propia inutilidad lo sumió en una tristeza ligera que, la mayor parte del tiempo, le pasaba desapercibida. Cuando la detectaba, sin embargo, era tan honda como la raíz que, hundida en la tierra, lo sujetaba al mundo de maneras orgánicas.

La última vez que estuvo en el lugar, no estuvo en él realmente. Llegó como algunas veces lo había hecho en sueños anteriores, por la periferia. Se entretuvo observando un prado extenso donde surgían aquí y allá rosas blancas, jazmines de Madagascar, magnolias de proporciones desmedidas. El sitio era hermoso, ciertamente, pero no era el que añoraba; el que iba a visitar: su lugar. Lo cruzó a toda prisa, esperando que de un momento a otro ocurriera el milagro, el parpadeo que lo depositaría en las banquetas de su propia ciudad. Cerró los ojos. Los abrió. Volvió a cerrarlos cuando descubrió que todavía estaba ahí, de pie, frente al prado salpicado de flores blancas. Cuando abrió los ojos una vez más y notó que nada había cambiado, trató de contener su nerviosismo. Caminó a ritmo normal al principio y, cuando avizoró a lo lejos el eco azul del océano, supo que todo estaba perdido. Entonces empezó a correr; quiso usar toda la energía, como lo hacen los condenados a muerte un día antes de su cita final. Se introdujo en edificios de treinta y un pisos y, ya en su interior, abrió puertas de oficinas cuyo mobiliario moderno le recordó el lugar de su trabajo. Salió de ahí con la misma urgencia, con la misma determinación que usaba a diario. Una vez en la calle, trató de identificar entre todas la vía rápida que le había permitido huir la primera vez. Pero todas eran iguales y no pudo, por más que lo intentó, descubrir la propia, la única. Entonces, mientras se apresuraba a cruzar calles y dar vuelta en diversas esquinas con lo que le quedaba de aire, vislumbró a lo lejos a la mujer de los muchos hijos. Traía, como la primera vez que la había visto, un bebé de apenas unos meses en los brazos, pero había otro más que se tomaba de su mano.

—Perdiste el camino, ¿verdad? —le preguntó con una tristeza de muchos años dentro del pasadizo de su voz.

Él asintió en silencio y bajó la vista porque sintió vergüenza. No sabía cómo había ocurrido. No entendía por qué había dejado que ocurriera. Estaba tan apabullado, tan sin ánimos ni dirección, que no notó el momento en que la mujer desaparecía. Trató de encontrarla entre el gentío, volviendo el cuello a todos lados, pero no tuvo éxito. Entonces, con una lentitud que le recordó algo muy viejo, se dio la vuelta y caminó todo el trayecto de regreso.

—Lo perdí —murmuró en el momento de despertar—. Perdí el lugar.

El rostro de una mujer emergió entonces de entre las sábanas blancas.

—Rodrigo —murmuró, pronunciando la letra erre con dificultad, viéndolo de reojo.

Lejos de flotar en el aire con la ondulación de una melodía, la voz tenía el sonido de un vidrio en el momento de quebrarse: algo abrupto, corto, sin vuelta atrás. Él se volvió a verla. Lo hizo con la intensidad de los que tratan de recordar algo que irremediablemente se les escapa. Iba a hablar, a contarle de su pérdida, pero se arrepintió en el último momento. La mujer, de cualquier manera, había acomodado la cabeza sobre la almohada una vez más y, serena, dormía de nueva cuenta. Su paz era tan obvia que casi parecía irreal; tan irreal como resultaba el paisaje majestuoso del océano Pacífico que entraba por su ventana. Lo único real, lo único que le atravesaba el propio cuerpo en ese momento, era ese vacío sin nombre que le producía el lugar que había construido y perdido en sueños. La situación, además de grave, le pareció ridícula. Por eso, para recobrarse a sí mismo o para recobrarse de sí mismo, se incorporó de la cama y se asomó por la ventana. Era domingo. Familias enteras deambulaban por las calles limpias de la mañana. Las nubes se habían dado cita en un espacio opuesto de la atmósfera; porque azul, resplandeciente, el cielo que lo cubría era alto y perfecto. Bajo su clara bóveda, el hombre empezó a llorar. Luego, limpiándose las lágrimas y los mocos, se fue con rumbo a su estudio. Abrió los cajones del escritorio y extrajo su colección de mapas imaginarios. Los guardaba en una serie de carpetas cubiertas con tapas color café. Los primeros, los que dibujó cuando apenas empezaba a conocer el lugar, todavía tenían las huellas del principiante en los trazos. Se notaba en la falta de proporción, en el titubeo del lápiz. Con el paso del tiempo, sin embargo, sus cartografías habían mejorado. Las últimas, de hecho, ahí donde ya estaba incluido el sur, parecían manufacturadas por profesionales del ramo. Observó las fechas que había anotado en el extremo superior derecho de cada mapa. El primero era de 1984. El último, del año 2000. Mayo. Sin pensarlo, con los mapas arrugados entre las manos, se introdujo de nueva cuenta en su recámara. Estaba fuera de sí. Estaba en el corazón mismo de la velocidad. Entonces, sin aviso alguno, zarandeó a la mujer que dormía.

—Me llamo Rodrigo, ¿me oyes? —le gritó casi frente a su boca—, R-o-d-r-i-g-o —repitió, enunciando una a una las letras de su nombre con una gravedad pasmosa.

Su voz lo llenó de alarma. Así, en esa lentitud, cada una de las letras de su nombre parecía un alfiler bajo las uñas de su propio lenguaje. Una forma de tortura.

La mujer se desperezó de inmediato y abrió los ojos de manera desmesurada. El espanto se acomodó todo junto y a la vez dentro de sus pupilas verdes. El hombre se alejó entonces de la misma manera en que apareció en la recámara: sin aviso, con rabia, intempestivamente. Ya sin él a su lado, ella se dio a la tarea de coleccionar los papeles arrugados que había dejado a su paso. Los vio todos. Los observó con mucho cuidado. Hizo cálculos. Poco a poco lo obvio de los acontecimientos la obligó a cerrar los ojos y taparse la cara con la almohada. Tenía un vacío en el estómago. Tenía ganas de vomitar. En ese momento se percató finalmente de que había vivido los últimos dieciséis años de su vida con un inmigrante, un hombre que, en sentido estricto, había vivido esos mismos dieciséis años en otro lado.

El día en que murió Juan Rulfo

¿La ilusión? Eso cuesta caro.
A mí me costó vivir más de lo debido.

JUAN RULFO, *Pedro Páramo*

Encontré a Blanca en el café del centro, a las seis de la tarde, tal como habíamos quedado. Como siempre, ella ya me estaba esperando en una de las mesas de la esquina, lejos de las ventanas, los trajines de los meseros y los merolicos. Nos besamos ambas mejillas a manera de saludo y nos sonreímos. Un cigarrillo a medio consumir humeaba desde el cenicero y, a su derecha, su viejo cuaderno de tapas negras estaba abierto. Dijo que ya había ordenado mi café expreso.

—Dejé de tomar café hace exactamente cuatro meses, Blanca —le informé.

La noticia no la sorprendió. Estaba distraída, garabateando una última línea en las hojas cuadriculadas de su libreta. Cuando terminó, guardó a toda prisa su pluma fuente en una cajita de madera y, todavía sin verme, entrelazó las manos y se dedicó a tronarse los nudillos uno a uno, empezando por los del dedo meñique. El sonido me enervó, como siempre lo había hecho, pero me abstuve de hacer cualquier comentario para evitar ironías innecesarias o una riña a destiempo. Teníamos poco más de medio año sin vernos, y ya más de tres de no vivir juntos, pero por una razón o por otra nunca habíamos dejado de estar en contacto. Primero fue el arreglo sobre el carro con el que ella se quedó a fin de cuentas, después los préstamos de libros y discos que habíamos comprado a la par sin definir a ciencia cierta el propietario. Más tarde, nos empezamos a ver solo para criticar a nuestros respectivos amantes de paso. Unos eran demasiado irresponsables, otros muy aburridos, la mayoría demasiado jóvenes y desprevenidos pero todos, sin lugar a dudas, bellísimos. No había afán alguno de coquetería o seducción en nuestros ácidos comentarios. Blanca y yo sabíamos que nunca volveríamos a compartir una casa y mucho menos una vida juntos.

—Estoy embarazada —me anunció con los ojos clavados en su tarro de café descolorido.

Sus cabellos lacios estaban resecos y sus uñas llenas de mordiscos. No supe si tenía que felicitarla u ofrecerle ayuda para contactar a un médico. Blanca siempre había sostenido que nunca tendría hijos pero, de la misma forma voraz y firme, yo había jurado en más de una ocasión que jamás dejaría de tomar mi café expreso. Cuando el mesero se aproximó a la mesa, pedí una botella de agua mineral con mucho hielo. Ella siguió fumando. Sonrió sin ganas.

—¿Te imaginas? —dijo.

—No —le contesté de inmediato.

Luego tomé sus manos. La piel del dorso estaba rugosa y las palmas llenas de sudor. Blanca no quería una felicitación.

—¿Qué vas a hacer?

—No lo sé todavía, pero el suicidio está descartado —mencionó en tono de broma.

La sonrisa se le congeló en el rostro. A través de los labios abiertos, resecos, pude observar sus dientes despostillados. Era difícil creer que alguna vez la hubiera amado; que alguna vez su algarabía y sus risotadas me hubieran mantenido pegado a sus faldas, manso como un cordero a la espera de sus delirantes dictados. Por dos años. Era difícil creer que, alguna vez, solo la mención de su nombre, su nombre entero, Blanca Florencia Madrigal, me hubiera hecho pensar que podía poseer el mundo solo para tener la oportunidad de regalárselo.

—¿Y tú cómo estás? —preguntó.

Pensé en el ensayo que tenía a medio terminar, en la llanta ponchada de mi coche y en las piernas esculturales de una de las alumnas que se sentaba en las primeras filas del salón de clase, pero no me decidí a hablar de nada de eso. Iba a empezar a contarle de mi última aventura con una muchacha que tenía la costumbre de afeitarse el vello púbico pero no supe por dónde empezar la historia. Intenté esbozar algunas imágenes de los cambios más recientes que había hecho en mi apartamento pero todas me parecieron insulsas. Podía describirle en todo detalle las incontables horas que pasaba calificando exámenes incorregibles o descubriendo nuevas grietas en las paredes blancas de mi cubículo pero supe que se aburriría. Sin Blanca, mi vida se había vuelto pacífica y regular. Me levantaba temprano, asistía puntualmente a mi trabajo, me bañaba todos los días y hasta había dejado de fumar. Ya sin su tumultuosa presencia a mi lado, los miembros del departamento de filosofía habían empezado a tomarme en serio y, en menos de tres años, recibí dos ascensos. Tenía mucho tiempo de no pensar en suicidios.

—Bien —le dije—, pasándola.

Blanca no me estaba poniendo atención de cualquier manera pero yo, secretamente satisfecho, comparaba su rostro marchito y sus movimientos torpes con mi nueva seguridad y autonomía. Ya no le pertenecía.

Un hombre de cabellos largos y anteojos quevedianos se aproximó a nuestra mesa. Le rozó el hombro y luego la besó en los labios. Debía ser al menos diez años más joven que Blanca y era, sin lugar a dudas, mucho más hermoso. Supuse que ese era "el padre" y no me equivoqué. Blanca nos presentó y él jaló una silla para estar cerca de ella. Después, plácido, pasó uno de sus brazos sobre los hombros de ella: su mano cubierta de anillos de plata y pulseras de cuero casi tocaba uno de sus senos. Viéndolo, no pude evitar pensar que Blanca todavía tenía que ser muy buena y llena de inventiva en la cama, de otra manera era muy difícil dilucidar qué encontraba en ella un jovencito a todas luces bien educado y, tal vez, hasta codiciado en su círculo de amigos.

—Blanca me ha platicado mucho de ti —dijo con una voz modulada y sin dobleces.

Puse cara de no saber a qué se refería y cambié de tema. Mencioné algunas huelgas derrotadas, la rampante crisis económica y el tipo de cosas con las que todo mundo está irremediablemente de acuerdo: este país está lleno de mierda. Con el paso de los años el que me asociaran con Blanca Florencia me iba incomodando cada vez más y más. Cuando aceptaba verla, lo hacía con la condición de que lo hiciéramos a solas y, cuando algún despistado me preguntaba por ella, mi respuesta usual consistía en alzarme de hombros. ¿Por qué tendría yo que saber algo de ella? Durante nuestros años juntos mi fidelidad y sus constantes adulterios se convirtieron casi en una leyenda. Bastaba que yo encontrara a un nuevo amigo para que Blanca se interesara en él y este terminara pasando las mañanas en nuestra cama, ocupando un lugar que era el mío. Y lo mismo sucedía con las amigas. Yo, en cambio, no encontraba a nadie lo suficientemente interesante como para dejar de ponerle mi incondicional atención a Blanca. Sus locuras, sus intentos de suicidio, sus incomparables artes sexuales consumían todo mi tiempo y mi energía. Al final, aduciendo que yo me estaba volviendo viejo y aburrido, Blanca me dejó por otro hombre, sin discreción alguna, casi con bombo y platillo. En menos de dos meses lo cambió por otro y a ese otro por otro, mientras yo opté por volver con renovados esfuerzos a mis estudios, menos por sincero interés y más para demostrarle que no me estaba volviendo viejo. Al inicio, recién acontecida la separación, mi devota dedicación a escribir ensayos y dar clases no tenía otra intención que hacerla volver. Quería poseer el mundo, el mundo entero, solo para tener la oportunidad de envolverlo en papel celofán y colocarlo luego sobre su regazo. A Blanca, sin embargo, nunca le interesó el mundo. Conforme ella se fue alejando sin posibilidad alguna de regresar, solo me quedó el trabajo. Supuse que el jovencito estaba al tanto de todo eso y, compungido, avergonzado casi, evité seguir hablando. ¿Qué le había podido contar ella a fin de cuentas?

—Tu columna semanal es fantástica —dijo—, nunca me la pierdo.

Sus dedos ensortijados descansaban sobre la clavícula derecha de Blanca. Yo tenía mis manos alrededor del frío vaso de vidrio. Bajé la vista, quise sonreír con condescendencia o al menos ironía, pero no pude. Sus palabras, como las de mis estudiantes, no eran beligerantes sino inocentes. No tenía caso luchar. Los murmullos del café me distrajeron: el sonido de cucharas chocando contra platos o de tenedores cayendo sobre el piso tenía un ritmo sincopado, casi alegre. Volví a ver a Blanca y, una vez más, no pude creer que alguna vez la había amado. Con sus ropas gastadas y sus rostros ajados por incontables noches de desvelo, los dos parecían ir a toda velocidad cuesta abajo. Cubiertos por el humo gris de los cigarrillos, tenían el aura saturnina de los perdedores y los viciosos.

Después de un incómodo silencio, Blanca y su amigo me invitaron a acompañarlos al cine.

—Conseguimos boletos gratis —me informaron con una expectante actitud de triunfo.

Su inocencia me dio risa. Aduje compromisos inexistentes y la carga de trabajo para no ir. Pagué la cuenta y les estreché las manos antes de retirarme.

—Felicidades —les dije.

Estaba seguro de que Blanca no interrumpiría su embarazo.

Afuera, el vientecillo nocturno de enero me obligó a levantar el cuello de mi chamarra. Caminé sin rumbo pensando en Blanca Florencia. El recuerdo de nuestras apasionadas peleas seguidas por las horas de sexo olímpico me dejó impávido. Me fue imposible recordar las razones que alguna vez activaron los golpes y los gritos, los gemidos, la saliva y el semen blanquecino. El frío me forzó a apurar el paso y, conforme cruzaba calles y daba vueltas en las esquinas, noté que me faltaba el aire. La sensación de asfixia se hizo tan grande que tuve que detenerme. Me recargué bajo el portal de una vecindad oscura, sobándome las manos, tratando desesperadamente de recuperar la respiración. Intenté inhalar y exhalar con fuerza un par de veces pero sin resultado alguno. El aire se hacía cada vez más exiguo, cada vez más escaso. El aire pasaba a mi lado como si yo no existiera, negándose a ser introducido en mi nariz y mis pulmones. Me senté sobre un escalón, resollando. Las rodillas me temblaban. Pensé que estaba a punto de morir, que nada ya tenía remedio ni salida y, en ese momento, como una daga bien afilada, la violenta imagen de Blanca rasgó por completo la pantalla de la realidad. Una luz mortecina se trasminaba a través de la hendidura desde el otro lado. Subyugado por el deseo de tenerla cerca una vez más, bajé los párpados, cerré los ojos.

—No se preocupe, todo está bien, solo se le fue el aire —dijo un hombrecillo de largos cabellos enmarañados que sostenía una botellita de alcohol frente a mi nariz—. Pasa mucho por aquí —añadió.

Todavía con la cabeza sobre las baldosas, sin poder moverme, supuse que me había desmayado, pero en realidad no tenía conciencia alguna de lo que había pasado. Me incorporé con lentitud, temiendo un nuevo ataque de asfixia. Abrí la boca de par en par y, después de contener el aire por un momento, lo expelí con gusto. Todo había vuelto a la normalidad.

El hombrecillo me ofreció un trago de licor con sus manos temblorosas y sucias. Lo acepté sin pensarlo dos veces. El latigazo del mezcal en la boca del estómago terminó de despertarme.

—Yo he visto a muchos caer así, pero usted tuvo suerte —murmuró.

Se sentó a mi lado. Al hablar, de su boca salía un vaporcillo rancio y blancuzco que le cubría la cara por completo. Cuando calló, me di cuenta de que era un enano. Tenía un lunar oscuro sobre el labio superior y profundas marcas de acné por toda la cara. Una barba rala, descuidada, le caía hasta la punta del esternón. A pesar de que no era tan tarde no había nadie caminando en la calle. Estábamos los dos solos, ahí, el enano y el filósofo bajo el portal de una vecindad derruida, a oscuras. El mezcal no solo me protegió del frío sino también del miedo. Lo vi a los ojos. Él me miró sin expresión.

—¿Qué le trajeron los reyes? —me preguntó con voz gangosa.

Crucé los brazos alrededor de las rodillas tratando de encontrar algo de tibieza en mi propio cuerpo.

—Una mujer —le dije.

Él se arrebujó dentro de su suéter de lana, le dio otro trago a su botella, alzó los hombros.

—Y qué, ¿se la llevaron de regreso?

—Hace muchos años —le contesté.

El deseo de tener a Blanca cerca volvió a invadirme por completo. Un mudo dentro de mí alzaba los brazos, abría la boca, hacía gestos desesperados hacia el mundo y, después, derrotado, volvía a su inmovilidad de piedra.

—Hubiera dado la vida por ella —murmuré.

El enano me pasó la botella.

—La diste —aseguró.

Blanca Florencia Madrigal. Su nombre caía dentro de mi cabeza con la cadencia de las gotas que salen de un grifo descompuesto. Ahí estaba ella, en cada gota, correteando catarinas alrededor de los árboles, guiando mis manos temblorosas sobre sus senos, desnudándose frente a los espejos. Quería colgarme de sus hombros, esconderme bajo su falda, aspirar el olor de sus cabellos. El deseo creció; el deseo de abarcarla y de no dejarla ir; el deseo de besar sus muslos y de ser una vez más el adolescente enamorado, tonto, a la total merced de una mujer enloquecida; el deseo de caminar sin rumbo en las tardes lluviosas de verano y de hacer el amor tras los altares de iglesias concurridas; el deseo de verla seducir amigos comunes con los ademanes más arteros y de oír, después, el detallado recuento de los hechos; el deseo de caer de bruces y rogar y suplicar con toda el alma, Blanca.

De repente me vino a la memoria la última escena de nuestra despedida. Estábamos recostados sobre el pasto oloroso de un parque y Blanca me acababa de decir que ya nada tenía caso.

—Pero si tú eres mi vida, Blanca, mi vida entera —le había dicho cuando ya no tenía nada más que decir.

Blanca se incorporó, empezó a dar de vueltas sobre su propio eje, su falda de flores extendida como un paracaídas.

—Pero si la vida es muy poca cosa, corazón, ¿no te habías dado cuenta? —yo tenía el mundo ahí, en mi bolsillo, guardado como un regalo, y ahí se quedó.

Cuando volví a ver al enano nada me pareció extraño.

—Pero la vida es tan poca cosa —le dije, viéndolo a los ojos, sintiendo las palabras de Blanca como alfileres bajo las uñas.

—Eso es cierto —contestó con desenfado.

El enano arrojó la botella vacía al terreno baldío de al lado. El ruido del cristal chocando contra las piedras se extendió por la calle negra hasta que, rato después, desapareció por completo. En silencio, con dificultad, él se incorporó. Luego me tendió una de sus manos regordetas para ayudarme a hacer lo mismo. Me preguntó si me sentía bien y, sin esperar mi respuesta, dijo que lo mejor era que me fuera.

—Es peligroso caminar de noche por aquí —me advirtió—. Cuídese de la contaminación. Y guarde bien el aire —me aconsejó mientras juntaba las dos palmas de sus manos y las colocaba, cóncavas, sobre la boca, indicándome la manera en que se hacía.

No tenía la menor idea de dónde estaba. Caminé por horas tratando de leer los letreros de las calles o de toparme con algún edificio conocido, pero todo fue en vano. Tenía mucho tiempo de no venir al centro, el centro donde había vivido con Blanca, el centro que no era mío sino de ella. Eso, al menos, no lo había olvidado. Casi al amanecer me encontré frente al palacio de la Inquisición. Avancé rápido por la plaza de Santo Domingo tratando de sacarle la vuelta a los cuerpos de los perros callejeros y los borrachos tendidos sobre el suelo. El silencio era absoluto. Con el sol a sus espaldas, detenido todavía en algún lugar atrás del horizonte, el cielo adquirió una claridad desmesurada y violenta. Luego, casi sin transición, pasó a su acostumbrado azul plomizo. Iba caminando despacio, sin prisa, tratando de contrarrestar la cadencia del viento matutino. Mientras lo hacía, el mudo de piedra que vivía dentro de mí se desmoronó poco a poco frente a mis ojos estáticos hasta que no quedó sino un suspiro de polvo seco. Dentro de mi cabeza, Blanca Florencia también lo estaba viendo. Ella cayó de rodillas y jugó con los terrones entre sus dedos mientras alzaba la cara intentando verme. Sus ojos apagados, llenos de pesar, se incrustaron como alfileres dentro de mi cuerpo.

Sin nada dentro, liso y desolado como la explanada por la que iba caminando, comprendí con terror todas y cada una de las razones por las que la había amado. Luego, casi en el acto, las olvidé de nuevo. Ya en mi apartamento, tomé un baño a toda prisa y me lavé los dientes. Acomodé una serie de papeles dentro de mi portafolio y, con él en la mano, salí corriendo para llegar a tiempo a mi primera clase. No tenía la menor idea de lo que trataría en el salón ese día. Los alumnos me recibieron con la noticia de que Juan Rulfo había muerto. Era el 7 de enero de 1986 y yo, detenido tras el escritorio, inmóvil como una estatua, viendo hacia los ventanales, observé cómo la vida se iba corriendo despavorida por las calles, la vida entera; la vida que es siempre tan poca cosa, que nunca alcanza, Blanca.

La alienación también tiene su belleza

The visions of a woman in motion
are difficult to gauge.[1]

TOM ROBBINS,
Even the Cowgirls Get the Blues

Respondí al anuncio del periódico a finales de febrero. Apenas dos meses en el nuevo año y ya sabía que con mi forzada dieta de semillas de girasol, pan de centeno y vegetales crudos no sobreviviría el invierno. Alguien había dejado los anuncios clasificados sobre el piso y, ahí, en pequeñísimas letras negras, mitad en español y mitad en inglés, estaba el nombre de mi futuro, o eso pensé cuando bajé a toda prisa las escaleras, abrí la puerta y me dirigí al teléfono público más cercano.

La secretaria me dio una cita para ese mismo día, a la una de la tarde. Y puntual, recién bañada, me presenté a las puertas de un edificio moderno, rodeado de cristales. No tuve que esperar ni un minuto, la dueña de la compañía tenía prisa y quería terminar pronto con la entrevista. Más de quince traductores habían pasado ya por su oficina y el asunto en general la estaba cansando.

—¿Es que nadie en San Antonio habla español como Dios manda? —me preguntó en inglés, mientras leía sin interés las hojas de mi currículum y yo me tropezaba con los tapetes mexicanos de la entrada.

—Sí, yo —le dije con convicción, pensando en las semillas de girasol que llevaba guardadas dentro de los bolsillos

---

[1] Es difícil calcular las visiones de una mujer en movimiento.

de mi chamarra, saladas todas como mi lengua o como mi suerte de la mañana.

Pensé que me preguntaría acerca de mi experiencia con cosméticos, porque ese era el nombre de su compañía: "Diamantina Beauty Products, Inc.", pero ella parecía interesada en la historia de mi vida. ¿Había, de verdad, nacido en México? ¿Había crecido hablando español y nada más que español durante mi infancia? ¿Sabía chistes, groserías, adivinanzas? Y cuando por toda respuesta le dije el trabalenguas del amor, *para qué quiero que me quiera el que no quiero que me quiera si el que quiero que me quiera no me quiere como yo quiero que me quiera*, la mujer sonrió satisfecha y me invitó a compartir la comida con ella.

Después de mi magra dieta de vegetales y agua, el olor a las alcachofas y el *linguini*, el sabor de los calamares y mejillones, casi me marearon. Estábamos a orillas del río, viendo pasar a través de los cristales el lento trotar de los turistas y los reflejos del sol sobre el lomo imperceptible del agua. Aun si no conseguía el trabajo, esta comida me resarcía de dos meses de hambruna vegetariana, y otros más de paseos nómadas y solitarios sobre la pasarela del río sin más de dos centavos en las bolsas.

Entre bocado y bocado, la mujer se entretuvo contando historias de la ciudad, *y acuérdate del Álamo, querida* y *qué bonitos son los corridos mexicanos*. Diamantina tenía el mismo rostro moreno y todas las buenas maneras de las damas enriquecidas que me habían mantenido con becas y préstamos escolares hasta el buen día en que recibí mi título y me encontré sin trabajo. Y, como ellas, Diamantina escondía sus apellidos latinos detrás del de su esposo americano.

—La costumbre, ya sabes, querida, y esto de andar en negocios donde los López Ramírez no suenan ni tantito como los Jameson o Smith —me explicó cuando finalmente me dijo su nombre completo: Diamantina Skvork. Aunque las resonancias croatas y la falta de vocales no habían sido tan atractivos en los ochenta, todo había cambiado después de 1989. *Querida*.

Yo quería acabar mi comida antes de que empezara a hablar de sus cosméticos porque, definitivamente, en esa área no tenía la más mínima experiencia. Y Diamantina, tan delicada y amable, no mezclaba los negocios con sus gustos personales. Pero ya estábamos en la tarta de manzana y en los martinis dobles, y ella no hacía referencia alguna a polvos, coloretes o lápices labiales. En su lugar, empezó a hablar de novelas rosas y poemas cursis. De los nombres del cielo y el agua. En español.

—Todo es culpa de mi padre —mencionó cuando se dio cuenta de que su manera de hablar mi idioma me provocaba una discreta sonrisa—. Nunca quiso que aprendiéramos español para que creciéramos sin acentos y sin complejos, aquí en San Antonio, hace tantos años, querida.

Cuando Diamantina levantó su copa para brindar por eso, yo hice lo mismo. El centro de la mesa se iluminó con sonidos de joyas y risas. Después, sin contratiempos y sin lógica alguna, preguntó:

—¿Te gustan los romances?

No supe a qué se refería exactamente pero me descubrí pensando en un viaje en tren que había hecho desde Nueva Orleans hasta San Francisco el verano pasado. Y me descubrí pensando también en Babak Mohamed, el muchacho iraní que me acompañaba porque después de tres libros y otros tantos vasos de agua, Babak, que era moreno y de cabellos negros, casi parecía mexicano. O tal vez porque, después de una dosis inusual de silencio, el español de Babak, resultado de cursos universitarios que había tomado en Teherán, casi parecía el original. Tal vez solo porque también iba a San Francisco.

—Sí, cómo no, claro que me gustan los romances —dije, convencida, después de un rato.

—¿Y estás dispuesta a mudarte? —preguntó a su vez Diamantina, mordisqueando la aceituna de su tercer martini, mirándome de lado y con media sonrisa—. De inmediato. A Nueva York.

Imaginé la ciudad en invierno y la imagen me disgustó. Pronto, sin embargo, volví a acordarme de mis semillas de girasol.

—Sí —dije, sin asomo de duda en la voz—, aquí no hay nada que me ate.

Había llegado a San Antonio creyendo que sería para siempre, que conseguiría trabajo y viviría en uno de esos barrios llenos de colores, pero en su lugar había acabado desempleada, ocupando un ático en una comuna de exhippies cuya única misión sobre la Tierra consistía en luchar por la legalización de la marihuana. Aunque Babak y yo estábamos de acuerdo con su cruzada, no nos quedamos en la comuna por idealismo ni solidaridad, sino porque los exhippies albergaban a trotamundos tercermundistas sin cobrarles la renta.

—Hace poco murió mi abuela Diamantina —dijo la empresaria.

—Lo siento —la interrumpí sin fijarme en realidad, luchando por llamar la atención del mesero para que trajera otra ronda de martinis.

—Y me acabo de enterar de que dejó una herencia para mí, su nieta consentida.

Diamantina parecía gozar con mi desconcierto. No entendía por qué en lugar de hablar sobre mi posible trabajo me contaba cosas personales, por qué en lugar de firmar un contrato me embriagaba con licores exquisitos y acertijos sin control.

—Es una serie de cartas —continuó—. Nueve cartas de amor —guardó silencio, y observó las aguas del río creando expectación a su alrededor—. O eso parecen al menos. Yo no las entiendo, la letra es muy irregular y habla de cosas que no conozco. México. La familia. Secretos. Quiero que las traduzcas para mí. Todas las cartas. En nueve semanas. Después de eso eres libre de irte o de quedarte a trabajar en la compañía si lo prefieres.

Era eso.

Una carta por semana. Cuarto y comida incluidos en una zona céntrica de Manhattan. Y dinero suficiente para no tener que trabajar por otro año.

—De acuerdo —le dije—. ¿Cuándo nos vamos?

Diamantina salía para Nueva York al día siguiente, pero yo tenía dos semanas para vender mis cosas, ¡mis cosas!, arreglar mis asuntos, ¡mis asuntos!, y despedirme de mis amigos, ay, mis amigos. Mi boleto estaría listo de cualquier manera en tres días.

Despedirse fue muy fácil. Los exhippies organizaron una fiesta el fin de semana y, cuando llegó el momento de decir adiós, todos se encontraban en las tierras más lejanas de su imaginación. Babak, por su parte, salió a correr más temprano de lo acostumbrado para evitar una escena. Yo le dejé una nota cerca de su bolsa de dormir, *Nos vemos, Babak*, y aunque traté de escribir algunas palabras amables en farsi, pronto me rendí ante mi ignorancia y mi prisa. Antes de dejar la comuna para siempre solo escudriñé los bolsillos de mi abrigo con mucho cuidado y tiré al aire de San Antonio todos los residuos de mis semillas de girasol.

Llegué a La Guardia una tarde nublada de marzo con mi mochila de explorador como único equipaje. Debido a que nadie me estaba esperando y a que no traía dinero para el taxi, tomé el autobús. Todavía había minucias de nieve sobre las calles y mi abrigo, que calentaba en Texas, nada podía contra el aire gélido de Nueva York. Cuando cruzamos los puentes, el radio anunció el terrible accidente que acababa de ocurrir en el aeropuerto. Todavía no se sabía el número de muertos.

Temblorosa pero inevitablemente pobre caminé bajo la lluvia hasta encontrar el penthouse de siete recámaras donde vivía Diamantina Skvork. Ella personalmente abrió la puerta y de inmediato mandó a la servidumbre a traer toallas y secadoras eléctricas.

—Pero, muchacha —dijo con fingida alarma—, para eso hay teléfonos. Te pude haber mandado a mi chofer. Estos mexicanos —una carcajada interrumpió sus pensamientos mientras Trang, la recamarera vietnamita, hacía esfuerzos sobrehumanos para secarme el cabello.

—Por cierto, te vendría bien un corte, querida —dijo la empresaria mientras viraba hacia el televisor en cuyo centro, para mi sorpresa, se encontraba su cara morena, perfectamente maquillada, junto al rostro pálido de un aspirante a puesto público.

Tanto demócratas como republicanos la llamaban de cuando en cuando para que endosara las candidaturas de unos o de otros y ella, pensando en la propaganda para su negocio, lo hacía dependiendo de los riesgos y las ganancias. Así, desde la virtualidad del televisor, escuché su historia por primera vez: la historia de la niña de barrio pobre en San Antonio que se convirtió, por obra del destino y con el favor de Dios, en la ejecutiva de una empresa próspera. La historia de la joven que supo encontrar el encanto agreste de Bob Skvork, ese inmigrante yugoslavo que había huido de las fábricas de Detroit para convertirse en un marido poco menos que ejemplar, aunque plácido. La historia de una empresaria dedicada a enaltecer la belleza natural de las mujeres hispanas que ahora, gracias a su buena suerte y algunos contactos familiares, planeaba abrir nuevos horizontes con la demanda creada por las europeas venidas del este.

—Todas son muy bellas, muy bellas mujeres —insistió varias veces, más para convencerse a sí misma que al público en cuestión.

Mientras Diamantina se observaba con detenimiento en el televisor, disfrutándose sinceramente, me di cuenta de que nada en su departamento de amplios ventanales parecía tener un toque personal. Había estatuillas de jade y pinturas del siglo XIX, muebles antiguos y alfombras persas, espejos biselados y cortinajes de seda que, en lugar de hacer el lugar acogedor, le daban la apariencia de museo. Diamantina, embebida en sí misma, no parecía cuidar demasiado su entorno.

—Lo que tiene que hacer uno a veces, querida —mencionó, más con socarronería que con remordimiento, cuando la entrevista terminó.

Entonces apagó el televisor y, antes de irse a dormir, me guio hasta mi recámara y colocó sobre el majestuoso escritorio de caoba la caja de madera que contenía las famosas cartas de la abuela.

—Nueve semanas, querida, eso es lo único que tienes —aseveró con un tono dulzón en la voz justo después de darme las buenas noches.

Sin más qué hacer, me tiré sobre la cama y, entonces, me di cuenta de que había un espejo en el techo. El hallazgo me llenó de melancolía.

Esa misma noche leí todas las cartas. Eran cortas y tristes, de esas cosas que se escriben con el alma en un hilo, a escondidas de uno mismo, bajo la luz de una vela. Tan íntimas que daba pena verlas. Sí, Diamantina Skvork tenía razón, las cartas de su abuela eran de amor, un amor desesperado y sin embargo silencioso, tenue como el olor de los jazmines trasminándose debajo de las puertas, constante, imperecedero. Un amor valiente, dispuesto a cruzar todas las barreras, dispuesto a morir, a renacer y, después, a morir otra vez. Un amor de nubes y agua, a la orilla de drenes florecidos, creciendo poco a poco como las plantas y los animales, sin destino pero vivos, aferrados de todas maneras al aire y a la luz, a las lunas de abril y al frescor de las cosechas mexicanas. Leyéndolas una tras otra a toda prisa llegué a pensar que, tal vez, Pessoa había estado equivocado: las cartas de amor no eran ridículas.

Esa, mi primera noche en el departamento de Manhattan, lloré por Diamantina, la abuela. Como antes, tras los cristales del tren de camino a San Francisco, había llorado por algo que se ve en el mismo momento de su desaparición. Sin embargo, lloré por algo totalmente distinto. La abuela de Diamantina dejaba correr la tinta violeta como se deja volar un papalote. Las palabras estaban ahí, unidas una a la otra, y a la vez todas despavoridas, como bandadas de pájaros bajo la tormenta. *Amor, carne de mi carne, amor de mí, sangre de mi sangre, amor.* Una y otra vez, como si nunca se cansara, como si nunca pensara que pudiera llegar a cansarse, la abuela repetía la palabra *amor* como una letanía. Fuerte como un árbol, inalterable como una raíz y, como la tierra, oscuro, húmedo, listo para dar frutos, su amor era todos los nombres. Este no era un romance con pasiones sentimentales y finales felices. Esta era solamente una voz, una voz solitaria, cantándose a sí misma una canción de cuna. Ay, Diamantina, tan tonta, tan enamorada, tan inútil. Con tus manos finas de no hacer nada, con tus ojos de ver solo a un hombre. *Amor, carne de mi carne, amor de mí.* Diamantina, ¿cuándo empezaste a escribir cartas?

A la mañana siguiente me senté ante la computadora. Pensaba traducir la primera misiva para después salir a pasear por la ciudad nublada, pero la otra Diamantina habló antes del mediodía y me pidió que no hiciera planes.

—Hoy se lleva a cabo un festival yugoslavo, bueno, croata, y necesito tu compañía, querida —me avisó sin mucho preámbulo.

Antes de colgar también me informó que había concertado una cita para mí en uno de sus salones de belleza, para que "cambiara de imagen". Sin más, como empujada por mecanismos automáticos, Trang me condujo por pasillos estrechos y escaleras de caracol hasta llegar al estacionamiento subterráneo donde me esperaba un Mercedes Benz color durazno. Dentro de él, medio adormilado detrás del volante, ya se encontraba el chofer salvadoreño que me conduciría hasta el lugar de mi cita, con una sonrisa impaciente dentro de cada ojo minúsculo. El gris deslucido que cubría Nueva York del otro lado de la ventanilla me hizo pensar en Diamantina casi con aprecio. Dentro de la atmósfera tibia del auto, acurrucada en el asiento trasero, sentí por primera vez la mano de la buena suerte tocando mi frente.

En el salón de belleza me trataron con rapidez y esmero. Una muchacha de Eritrea que insistía en referirse a mí como "la sobrina", se encargó de transformar el color, textura y forma de mi cabello. Otra, me hizo el manicure y pedicure en total silencio. Una más, de falso acento francés, me maquilló en tonos claros y por demás invisibles. Finalmente, la administradora del lugar me condujo hasta un gran vestíbulo donde ella misma escogió la ropa para la ocasión —un vestido de seda de un color rojo muy cálido, cuyas líneas sencillísimas acentuaban la fragilidad de mi esqueleto—. Cuando por fin logré verme de cuerpo entero frente a un espejo no pude decir nada pero lo primero que me llegó a la mente fueron las famosas palabras de Rimbaud: "Je est un autre". En efecto, sin exageración, yo era otra. Mi cabello corto de novedosos tonos cobrizos me hacía lucir años más joven, mientras que el maquillaje aplicado con delicadeza dejaba ecos de elegancia en el aire. Los toques finales, por los cuales se reconocería que no era una aficionada sino una profesional, fueron el solitario pendiente de rubí que realzaba mi cuello y el aroma ligerísimo de Bulgari que le daba a todo el cuadro un cierto halo de mera casualidad.

—Pero si eres otra —exclamó la muchacha de Eritrea con sincera admiración cuando estuvo a punto de chocar conmigo sin atinar a reconocerme—. A Diamantina le va a gustar —añadió.

Y sí, tuvo razón, a Diamantina le gustó. Cuando abrí la puerta del bar donde se llevaba a cabo el festival croata, la empresaria corrió a encontrarme con visible satisfacción en el rostro.

—Lo sabía —dijo—, no hay nada que un buen cosmético no pueda cambiar.

Yo la miré pensando lo mismo. Diamantina lucía estupenda. El cabello salpicado de rayitos plateados y el maquillaje discreto le daban una dignidad sin nombre, mientras que los diamantes que colgaban de su cuello hablaban por sí mismos, a destellos, de su poder. Su mirada, sin embargo, era más fuerte que todo el conjunto. Directos, sin refugio, sus ojos se posaban sobre los objetos con el peso de su voluntad, combando todo a su paso. Era obvio que Diamantina conocía la competencia pero no la derrota. Con esa misma actitud triunfante, la empresaria me presentó entre los comensales como su sobrina.

—Su español es perfecto —decía como nota introductoria a quien la quisiera escuchar.

La mujer que, sin consultarme, me había hecho parte de su familia, no sabía nada más de mí en realidad, pero eso no parecía molestarla. Luego de un rato se olvidó de mí y continuó hablando con distintos grupos de negociantes croatas, sin duda tratando de "hacer contactos". Su nueva línea de cosméticos para las recién llegadas de Europa del Este tenía que ser uno más de sus éxitos. Sin dejar de observarla desde lejos, con una especie de asombro y reprobación confundidos, yo me entretuve probando galletas con salmón y bebiendo manhattans en la barra del lugar. Cada trago me hacía recordar que me encontraba, a pesar de mi incesante incredulidad, en el mismo centro de Manhattan; cada cereza me traía la dulzura de la seguridad.

—A ti te quería conocer, prima del alma —dijo una voz un poco ebria sobre mi hombro derecho.

Cuando me volví, me sorprendió encontrar una versión masculina del rostro de Diamantina. Era su hijo. José María Skvork. Su único hijo. Su mata de cabello negro contrastaba con los enigmáticos ojos grises que escondía detrás de unos quevedianos de oro. Su boca de labios generosos, en cambio, embonaba a la perfección con sus manos hedonistas, manos de placer, acostumbradas a no hacer nada.

—Mira nada más, manejar desde Boston para darle una sorpresa a mi madre y, alas, el sorprendido soy yo —mencionó mientras acomodaba un banco para sentarse a mi lado.

Aunque físicamente parecido a su madre, los gestos menudos y modales tímidos de José María lo diferenciaban de ella. El muchacho carecía de la firmeza y el poder de su madre. Sus ojos miraban con una delicadeza del todo ajena al mundo de Diamantina.

—¿Así que tu español es perfecto? —dijo mientras ordenaba un martini.

—Eso dice tu madre.

—¿Y ella qué sabe de eso? —preguntó con un incrédulo sarcasmo en la voz.

—Muy poco en realidad —dije, sonriéndole.

Él hizo lo mismo antes de brindar conmigo. El ruido del lugar nos ahorró la incomodidad de un silencio largo, lleno de indiferencia y nerviosismo. Tal como su madre, José María pronto se olvidó de su prima del alma y entabló conversación con la muchacha de al lado, una pelirroja de acento británico que había asistido al festival siguiendo las órdenes de su abuela y su propio afán de estar en contacto con sus propias "raíces". Después de un rápido intercambio de información básica y un par de besos tibios, ambos salieron del brazo sin sus raíces en mente pero en franca actitud de romance.

—De seguro piensan que encontraron el amor —la voz le pertenecía a un hombre de largos cabellos rubios, nariz afilada y hondos ojos azules que seguramente había bebido algunas cervezas de más.

Aunque lo observé con suspicacia, él no se inmutó.

—Todo es resultado de esta maldita alienación —continuó—, se conocen aquí, se desconocen allá. Todo empieza, todo acaba y nada pasa en realidad.

Había sed en su voz, ansias de permanencia, nostalgia de algo real. Algo pasado de moda. Oyendo su soliloquio enardecido no tuve otra alternativa más que volver a pensar en Diamantina, la abuela. Si ella hubiera podido atravesar el tiempo y asistir al festival croata, seguramente se habría sentado a su lado. Ella habría guardado silencio para oírse a sí misma en la voz masculina sin distracción alguna.

—Escúchalo bien, querida —me susurró la mujer marchita desde su lejano aposento.

Y yo lo hice. El hombre en contra de la alienación se llamaba Federico Hoffmann y, tal como lo imaginaba, pertenecía a una organización socialista. Era un hombre frágil, de ideales desmedidos y bolsillos magros; un hombre de esqueleto intacto y palabras anchas, como paracaídas; un hombre de padre alemán y madre croata que vivía en

Brooklyn y trabajaba de electricista; un hombre cuya lista de lecturas pronto hacía pensar en otro tiempo, en otro lugar, algo tan pasado de moda como Viena a inicios de siglo o como el paraíso mismo. Con sus ademanes lentos y su mirada de atravesar miradas, Hoffmann me recordaba al preceptor alemán que Louisa M. Alcott tuvo que inventar para que Josephine March no se quedara sola en algún lugar frío del noreste. Presos del asombro y con la velocidad que da a veces el gusto, Federico me puso al tanto de su vida con el detalle del puntillista, con la paciencia del anticuario y con el candor del hombre de mediana edad a punto de caer enamorado después de tomar algunas cervezas de más en un festival croata. Yo, a mi manera, hice lo mismo. Rápidamente, con los brochazos agrestes del expresionista, con la ansiedad del ladrón que dobla la esquina a toda prisa y con el nerviosismo de mujer con nuevo color de pelo, le conté cosas de mi vida, editando o puliendo sin demasiado rigor años completos, episodios fundamentales. *Je est un autre.*

—Necesito aire —dije, interrumpiendo mi relato casi desde el inicio, huyendo de la ligereza de mi propia historia.

Mientras nos poníamos los abrigos y las bufandas y, entre sonrisas nerviosas, nos preparábamos para entrar en el regazo frío de marzo, busqué otras palabras, otras letras, otros vocablos para poder llegar hasta la humanidad de Federico Hoffmann. Pero no encontré nada. Por un momento, una ráfaga de color blanco me nubló la vista y el terror me invadió. Un segundo después, justo cuando el aire gélido nos recibió con los brazos abiertos sobre la calle, oí su lenguaje, tu lenguaje, abuela Diamantina, y todo cambió. Entonces, prescindimos de las palabras y disfrutamos el paseo de noche. Primero caminamos sin rumbo y, después, nos detuvimos en un McDonald's para tomar un café deslucido entre vagabundos, desempleados y tibias mujeres insomnes. Más tarde, tomamos un taxi que me dejó cerca del penthouse de Diamantina. El momento de la despedida nos llenó de silencio. Ya sobre la banqueta miré hacia la ventanilla del auto y, detrás del vaho de su propia respiración, el rostro de Federico Hoffmann anticipaba verbos en futuro perfecto.

Al día siguiente traduje todas las cartas de la abuela Diamantina. Trece horas ahí, enfrente de la pantalla, buscando las palabras exactas para decir *mi más querido amor, te extraño con toda mi alma*. Trang se entretuvo trayéndome platos de fruta en la mañana y martinis frescos en la tarde mientras yo lloraba en silencio. Ay, Diamantina, cómo le haces para que el amor siga creciendo, para que se conserve intacto a pesar del tiempo, a pesar de la falta de respuesta, a pesar de todas, todas estas noches en vela, soñando con los ojos abiertos, esperando con tanta paciencia. Dime, Diamantina querida, cómo se le hace para ir queriendo, para quedarse en un lugar, para acoplarse a las cosas y no dejarse llevar. Cómo, Diamantina, para escribir cartas que nunca se van a enviar y para seguir haciéndolo a pesar de saberlo.

Encontré a Federico días más tarde, en un bar donde tanto él como sus amigos socialistas hacían planes para una jornada de solidaridad con Puerto Rico. Apenas unos minutos después de las presentaciones, con una familiaridad inédita, los socialistas me invitaron a participar en sus mítines semanales, a los que después acudí con un fervor casi religioso. Pero esa noche, cuando me preguntaron acerca de mi trabajo, me dio una pena enorme decirles que traducía cartas de amor para una cosmetóloga capitalista en un penthouse ubicado en el corazón de Manhattan. En su lugar, inventé que cuidaba niños para una matrona irregular de nombre Diamantina Skvork. Así, en medio del desconcierto que me provocó mi propia mentira, acepté la oferta de convertirme en obrera, de ocho a cuatro, en la imprenta de la organización. Y, sí, con bandana roja en la cabeza, un abrigo azul de la ex-Marina soviética y mi par de duras botas de trabajo, estuve ahí puntual, todos los días, de ocho a cuatro.

Los socialistas poseían un edificio enorme a las orillas del río; un edificio que parecía más una oficina ultramoderna que las buhardillas oscuras con las cuales los asociaba.

—Al fin y al cabo esto es Nueva York —me dije mientras observaba el mural de héroes radicales que decoraba una de las paredes laterales del inmueble.

Federico también trabajaba ahí, de electricista, por las mañanas, tratando de remodelar los últimos pisos, y de periodista radical por las tardes, frente a las pantallas verdosas y ordenadas de las computadoras. Fue fácil recibir mi primer ascenso, de la imprenta a las oficinas, para traducir panfletos. Y también fue fácil conocerlo, tomar té de menta después de las jornadas de trabajo, ir en metro hasta Brooklyn y pasar las noches en su minúsculo departamento.

—La alienación también tiene su belleza —mencioné antes de cruzar el umbral de su puerta e internarme en su mundo austero, su mundo sin revés, su mundo de otro siglo.

Distraídos por la velocidad del encuentro, ni él ni yo entendimos lo que una voz lejana pronunció con ayuda de mis labios. En lugar de poner atención, seguimos disfrutando la bienvenida, el inicio.

Fue tan fácil, tan sencillo, querida Diamantina: de la misma manera que me enamoré de tus cartas, así caí dentro del amor de Federico Hoffmann, dentro de sus ojos azules de agua clara, dentro de su cabello dorado. Dentro de sus palabras. Y, Diamantina, lo siento, pero para acercarme yo no tenía más que tus palabras, no te tenía más que a ti. Como si tu historia de alguna manera se estuviera absolviendo poco a poco con mi historia, como si tus deseos y tus sueños hubieran esperado estos años, todos estos años, y estos países, todos estos países encrucijados, para poder aflorar finalmente, ciertos, pesados, cantarines en medio de la nieve. Porque sí, fue ahí, en la calle y bajo la última nieve de marzo que Federico se detuvo frente a la iglesia de San Patricio y yo empecé a desgajar este rosario de vocablos, *mi amor, carne de mi carne*, los copos de nieve cayendo sobre su abrigo, *sangre de mi sangre*, deshaciéndose sobre sus mejillas blancas, *amor mío*, entretejiéndose con los besos y los abrazos y las ganas de que esto nunca acabara. Después, corrimos juntos hasta el parque, nos revolcamos sobre la nieve y vimos zarpar con toda su lentitud a los ferris.

—Por ahí llegó mi familia —dijo señalando la isla Ellis—, hace muchos años.

Federico y yo éramos solamente dos inmigrantes juntos, pronunciando palabras de amor en nuestro segundo lenguaje.

Miento. En realidad era tuyo, Diamantina, todo ese lenguaje era solo tuyo. Producto de tus noches en vela, de tu amor sosegado y despavorido, de tu tinta violeta, de tus rezos, *protégelo Virgen de los Remedios, bendice esta memoria Virgen de Guadalupe, otórgame este amor, Sagrado Corazón mío*. Invocaciones, demandas, apariciones, milagros, Diamantina. Solo milagros, repentinos como un rayo en tardes sin lluvia y sin viento, bondadosos como el campo, como la hierba que se mece desnuda al compás del aire, amplios como el mar inmaculado donde viajan todos juntos, todos solos, los sueños.

Tus cartas también cambiaron mis ojos, Diamantina. Con todas ellas en mente, empecé a acechar su cuerpo. Lo esperaba desde un punto lejano como tú lo hacías, solo para tener el placer de rescatar sus formas de entre el marasmo del mundo. Poco a poco, aparecía un brazo, una rodilla, su par de zapatos viejos, las puntas casi blancas de su cabello. ¡Qué placer, Diamantina! La respiración me crecía lenta, empañaba los cristales de los cafés donde lo aguardaba deletreando las sílabas de su nombre, tus nombres, todos los míos. Y, después, amarrada a sus sábanas como un nudo, tendida a sus orillas como el agua de ciertos mares, cubriéndole los tobillos con la sal de todas mis nostalgias, el placer llegaba dócil y feliz, como un amigo de la infancia o un perro muy doméstico.

Y, sí, Diamantina, Federico también se fue enamorando. A toda prisa, justo como la mítica bola de nieve que baja a toda velocidad por la ladera, Federico se volvió voraz. Avasallador. Deseaba a veces como los niños, sin reparo y sin consideración. Quería todo, especialmente lo imposible, como todos los enamorados, pero de entre todas las cosas él prefería sobre todo las palabras. Háblame, me pedía, como si de mi boca se desprendiera un abracadabra perfecto. Cuéntame más. Y yo lo hacía. Así, Diamantina, Federico se fue enamorando a toda prisa, loco, desprevenido, a través del tiempo, de ti.

Y por eso, por ti, querida Diamantina, Federico se presentó una mañana muy temprano a la puerta de esa casa en Manhattan donde se supone que cuidaba niños o hacía el aseo, ya no me acuerdo, y con todas las palabras en un español correcto, me dijo que ese día de abril, antes de la diez, sin otro aviso, tenía que casarse conmigo. Y por ti, por tus palabras violeta, por tu encanto que cruzaba años y lenguajes y ciudades, me lavé la cara, me puse el abrigo, y corrí de su mano directamente a la oficina impersonal donde me convertí legalmente en su esposa. Una mañana de abril, antes de las diez, como el destino en español lo había dicho.

Justo al final de la octava semana, Diamantina Skvork me llamó a su oficina para enterarse del contenido de las cartas de su abuela. Antes de leer las traducciones, me pidió que le diera una sucinta descripción de los hechos.

—Las prisas, ya sabes, querida —dijo mientras revisaba su agenda.

La historia era esta:

La abuela Diamantina, a la edad de diecisiete años, se había enamorado perdidamente de Pedro González Martínez, un hombre que trabajaba en el campo y, por toda seña, tenía un caballo. Después de varias citas a escondidas, Diamantina le había abierto su corazón y el cuerpo entero al amparo de la sombra oscura de un mezquite. Consciente de su posición y, tal vez, también consciente de su amor, Pedro había cruzado la frontera con la esperanza de labrarse un porvenir y con la promesa de regresar en cuanto pudiera. Por todo recuerdo le dejó a Diamantina una imagen de la Virgen de los Remedios, con un corazón mal dibujado en la parte posterior y sus dos nombres encerrados, juntos. Así: Diamantina y Pedro.

—Las cartas son el testimonio de la espera de su abuela —dije—, y testimonio también de su amor inquebrantable.

No debería haberme sorprendido, pero las lágrimas silenciosas de Diamantina Skvork me sorprendieron el alma. Entonces, ¿también esta historia tenía un final infeliz? Tan entretenida andaba entre el amor de la abuela y el amor de Federico que nunca, ni por un momento, en mis gloriosas ocho semanas en Nueva York, me detuve a preguntarme por el final de esta historia. ¿Qué había pasado fuera de estas cartas? ¿Había un más allá al final de todas las palabras? Me quedé callada, esperé todo el tiempo necesario para que la empresaria se limpiara los ojos y ensayara la sonrisa de siempre, la que yo le conocía. Pero ella solo se limpió los ojos.

—Mi abuela —dijo—, mi querida abuela. Ella también dejó Coahuila por San Antonio —me informó con una voz mansa, una voz desconocida—, venía para casarse, pero no con Pedro González Martínez, sino con Ignacio López Castro, un licenciado de la región.

Después guardó silencio y se asomó por los ventanales, como si del otro lado se encontrara el paraíso. Yo me acurruqué dentro de la silla de piel, como si acabara de ser herida y la observé, igual que si fuera una aparición. Vaya, vaya, me dije, todo sea por la sarta de amores inquebrantables. Demasiados romances.

—Y qué —atiné a preguntar después, mucho después—, ¿al menos vivieron felices para siempre?

Dijo que no. Como si fuera la gran noticia. Después de tener a su única hija, la abuela Diamantina se convirtió en una de las primeras mujeres divorciadas de Texas. Ella demandó a Ignacio López Castro por malos tratos y adulterio, pero cuando el divorcio le fue negado, alegó entonces que se demandaba a sí misma por las mismas causas. Como prueba ofreció estas cartas. Así obtuvo su libertad y se quedó como quería, sin casarse y sola. En San Antonio de Béxar, Texas.

—Pero anda —me conminó la empresaria—, lee esas cartas en voz alta para que escuche las palabras de la abuela.

Lo hice. Las palabras sonaban huecas, es cierto, pero conservaban el mismo ritmo, el mismo fervor, la misma arrebatada sensualidad. Una vez fuera de mi boca, las palabras caían redondas y amplias sobre las madejas de aire y se balanceaban con la cadencia de las caderas femeninas. ¡Ah, qué la abuela Diamantina! Lluvia de diamantes, parvada de papelitos brillosos. Tan seductora y tan mentirosa. Tan cambiando de rumbo conforme a su cambio de planes. Sin casarse y sola, como ella quería, toda la libertad para ella solita en San Antonio Texas. La imaginé haciendo visitas a deshoras, caminando en las calles como Pedro por su casa, ay, pobre Pedro, cosechando amigas para el chisme y amantes para la noche. Sin nadie que la parara. De una persona a otra, sin ningún lazo de sangre, flotando ligera de aquí a allá, sin respetar fronteras. Oyendo historias en la iglesia, historias en la calle, historias en el salón de belleza del que se convirtió en dueña. Ay, Federico, la voz tenía razón: la alienación tiene su belleza. Y la belleza tiene la misma consistencia del aire. Todo aquí, develado al momento, sin profundidades oscuras o infiernos ancestrales. La apariencia como un rostro que muestra el rostro: no busques más, no hay nada detrás. Solo esto, la libertad incauta de una mochila de explorador y un salario con el que podré seguir viajando por el resto del año.

En mi último día en Nueva York me levanté temprano. Todavía no salía el sol cuando, pluma en mano, me preparé para redactar una carta dirigida a Federico Hoffmann, mi esposo. *Je est un autre.* No pude. Bajo la lámpara encendida, mis manos dejaban sombras asimétricas sobre la fina caoba del escritorio. Las sombras me distrajeron y algo dentro de mi cabeza me obligó a incorporarme. A través del ventanal, la ciudad parecía un cachorro ovillado sobre sí mismo. Dormía en paz. Fui a la cocina a prepararme un café y ahí la familiaridad de mi viejo rostro me sorprendió sobre la superficie brillante de la estufa. Tenía la piel seca y ojeras profundas alrededor de los ojos. El corte de pelo que me había hecho parecer sofisticada en una reunión croata se había desvanecido con el paso del tiempo y, emergiendo entre los tirantes de unos overoles descoloridos, mi cabeza viraba de un lado para otro como si esperara algo más. Conocía esa actitud, es cierto: era la ansiedad de quien entra en movimiento. Entonces salí del departamento y me dirigí a toda velocidad hacia el edificio de los compañeros socialistas. Pedí un pedazo de papel, una pluma y un sobre, sin poder contener la respiración. Escribí el nombre de Federico y, aunque lo pensé por largo rato, las palabras no llegaron. No había explicación alguna. No había justificación.

Entonces opté por colocar la nota en blanco dentro del sobre y, justo antes de darle la espalda a todo ello, me quité el anillo y también lo puse dentro. Todavía brillaba como si estuviera nuevo.

Manera insólita de sobrevivir

Mrhm

Because we are so in love
and yet are dying.[2]
JULIAN BECK, *Living Theatre*

Enero 24
Nadie es feliz, se sabe. Resulta tan obvio.

Vi a Carmen otra vez. Me dio pena volver a decirle que no he conseguido nada. Hablamos mejor de las inundaciones en el norte y de cosas que no recuerdo. Me contó que había encontrado otro perro muerto en la esquina de su casa. Me pregunto si ya los estarán matando ahora a todos ellos, a ellos también.

No me fue difícil esquivar el tema. Más bien parecía ser ella quien rehuía el asunto de mi trabajo. Mi trabajo, bah, suena a burla. Como con consideración o con piedad, como diciendo, pobre Miguel, no voy a humillarte otra vez o no quiero oírlo, no me interesa, así me trató Carmen hoy. Aunque yo sé que sí le interesa y que casi tiene que repetir mentalmente cada frase que pronuncia para que *esa* palabra no se mencione. Mi trabajo. Así, nuestras pláticas se vuelven lentas, cuidadosas. Muy cansadas.

En la oficina a la que fui hoy me dieron esta libretita, dizque para anotar la fecha de mi cita. Lo primero que se me ocurrió escribir aquí es que nadie es feliz y después me

---

[2] Porque estamos tan enamorados y sin embargo nos morimos.

pareció eso tan obvio que no tengo de otra más que hablar de Carmen. Porque ella no es feliz, como todos los otros, y porque la vi hoy. En el parque. Como todos los lunes.

Ya se fue y está empezando a llover. Seguro que va a haber más inundaciones mañana. Todo está muy gris, las paredes y el cielo.

Febrero 2

Nada otra vez. Lo sabía. Ya nada llega de repente. Uno lo sabe desde antes, quizá desde siempre.

Me quedé de ver con Carmen pero no tengo ganas de ir a su casa. La imagino esperándome sobre el sillón de la sala, fingiendo leer pero en realidad espiando la puerta con desaliento y sin esperanza. No le voy a hablar. No hasta esta noche. Entonces le diré que tuve una cita muy larga y que parece que ahora sí se nos hace. De todas maneras no me va a creer. No importa.

Febrero 3

Carmen se puso a llorar hoy, supongo que ya no pudo aguantarse. No sé si sentí algo, pero me dio tristeza por los dos. Me dijo que me seguía queriendo como siempre y después nos vinimos a hacer el amor a mi cuarto. Así, dormida como está ahora, sin tener que cuidar sus gestos y sus palabras para no herirme, se ve distinta. Como minusválida, como muy vieja o muy cansada. Carmen de mis amores, ya no somos los mismos. No cabe duda. La quiero mucho también, también desde siempre. Pero no sé qué pasa. Este silencio, esta necesidad de no herirla, ¿a quién podré decirle la verdad? Que ella se está poniendo fea y yo más; que algo se rompe todos los días y que no hay manera de volverlo a pegar; que todo se acaba y se derrumba desde que amanece hasta el otro día, circularmente, nada más.

Llueve muy duro hoy. Se ven los relámpagos a través de las cortinas raídas. Todo se va a inundar otra vez. Los rayos se ven muy bonitos.

Febrero 6

Es de risa loca. Es de risa loca y estoy llorando.

Fui a ver otra vez lo de un trabajo. Ya tenía la cita así que llegué puntual y de saco. Subí las escaleras angostas de un edificio viejísimo en Bolívar. Había tres o cuatro edecanes vestidas de azul rey esperándonos a todos. Yo no sabía que era una cita colectiva, así que me dirigí a una de ellas creyendo que era el único afortunado que había ido tras algo seguro. La señorita me sonrió, como Carmen a veces, con condescendencia, y me pidió que esperara junto a todos los demás. Pero me dio mi número de lugar: me tocó entre los jóvenes y los profesionistas. No sabía de qué era precisamente la plaza que ofrecían. La señorita solo me dijo que esperara.

Como a la hora más o menos me mandaron hablar. Pasé a otra pequeña sala donde ya me estaba esperando un ejecutivo pobre con traje de rayón. Después de pedirme mis datos solo me preguntó si tenía tiempo disponible.

—Sí —le dije de inmediato.

—Eso es todo lo que necesitamos —respondió también en el acto.

Después se incorporó, me dio la mano y dijo que volviera a esperar en la sala de junto.

Ahí había ya más de diez personas. Todos más o menos como yo. Esperamos hasta que se juntaron cincuenta y otra edecán se aproximó para conducirnos a un teatro grotesco pintado de azul celeste y con adornos como pastel de quinceañera. Entonces apareció un merolico que nos hizo reír y llorar y de paso nos prometió cinco mil pesos al mes. Solo debíamos tener muchas ganas de trabajar y tiempo disponible. Ninguno de los que estábamos ahí sabía todavía de qué se trataba el empleo. Después entró un hombre elegante y, más tarde, una mujer de empresa. Fue ella la que nos pidió cinco mil pesos para tomar el curso de entrenamiento que nos permitiría hacer lo que ella estaba haciendo: ilusionar a otros con un trabajo que consistía en ilusionar a otros con un trabajo. Todo hecho con nuestro propio dinero.

Es de risa loca, lo sé, y no sé por qué estoy llorando.

Espero que Carmen nunca lo sepa, que ni siquiera llegue a imaginárselo. Me daría miedo y rabia decirle que caí en una trampa tan ridícula. Al menos puedo escribirlo y así se me olvida pronto.

Febrero 9

Yo también me topé hoy con dos perros muertos en la calle. Está ciudad está llena de perros. Supongo que es cierto que los están matando. También a ellos.

Mi madre no me dice nada tampoco, es de la misma estirpe de Carmen, silenciosa, atenta, considerada. Con un par de ojos donde no existe la rabia, ni la cólera, ni las ganas de matar, me sirve el desayuno y la comida y la cena todos los días. No sé cómo puede aguantar, pero sobrevive. Las quiero mucho a las dos. No sé por qué. Uno nunca sabe esas cosas, y los que dicen que saben son una bola de mentirosos.

No quiero ver a Carmen este fin de semana.

Febrero 10

Siguen las inundaciones en el norte. El panadero asesinó a su mujer ayer. Parece que estaba borracho y no opuso resistencia cuando llegó la policía. Ahora hay que ir a comprar el pan a la colonia de junto, cruzando el eje vial. Mucha gente se va a morir porque no quiere usar los puentes, y los autos, en su prisa, no respetan a nadie. Así matan a los perros también, con velocidad. Esta ciudad es oscura y está loca y apesta en todos los rincones y es intolerable y es el único lugar donde puedo vivir.

Siempre fue así y también ya lo sabía.

Febrero 14
Día del amor, ¡bah! Una flor de los camellones de Reforma para Carmen. Y unas chelas con los cuates.

Febrero 15
La libretita se pone interesante. Al menos es un respiro. No sé para qué quiero un respiro, pero es un respiro.

Febrero 17
Hoy me encontré a Gonzalo por casualidad. Tiene un hijo y está trabajando de obrero en una fábrica de muebles. Nos fuimos a tomar unas cervezas y, como es obvio, nos acordamos de nuestros buenos tiempos en la facultad, cuando solo hablábamos de literatura alemana, filosofía sartreana y política radical. Cuando me preguntó por Carmen, yo le dije que pronto nos íbamos a casar. La información me sorprendió más a mí que a Gonzalo mismo.

—Tan bonita la Carmen —mencionó con mirada ensoñadora—, me gustaba tanto cuando estábamos en la escuela. ¿Nunca te lo dije?

No, nunca me lo había dicho y tampoco lo había imaginado. Si la viera ahora, ¿le gustaría? ¿Notaría sus cambios? Carmen era bonita, sí, mucho. Carmen de mis amores. Pero ahora ya no, se ve rara siempre. Con lo pálida y las ojeras parece una bruja famélica. Pero en fin, una bruja de mis amores.

De repente me dieron unas ganas enormes de decirle a Gonzalo cuánto la quería, cómo nos habíamos ido encariñando el uno con el otro, poco a poco. Me dieron ganas de decirle: "Haría cualquier cosa por ella". Supe, entonces, que lo estaba haciendo. Me sentí bien conmigo mismo por volver a sentir por Carmen la misma ansiedad y el mismo deseo, la misma ilusión. A Gonzalo, en cambio, no le mencioné nada.

Después de un rato de silencio, él se despidió. Me prometió que iba a investigar si había vacantes en la fábrica en que trabaja. Quedó de avisarme pasado mañana. El Gonzalo está igualito, un poco más fornido pero igual de sonriente.

Febrero 22

Se supone que no es tiempo de lluvias pero sigue lloviendo. Ayer se cayeron dos casas en la colonia y tres niños pequeños murieron en el derrumbe. Mi madre fue al funeral hoy, se le veía triste y vieja. Toda de negro y chaparrita, algo zamba por los años a cuestas. Me dio lástima. Ojalá Gonzalo me consiguiera trabajo, aunque sea solo para tener algo bueno que decirles.

Debe ser horrible trabajar de obrero. Pero no hay de otra. Ya me estoy cansando de no hacer nada.

No es cierto, en realidad de esto es de lo que nunca me canso.

Febrero 25

Ahora sí el agua nos llegó hasta la casa. Cuando abrí la puerta, mi madre estaba intentando sacarla a cubetadas. Me puse a ayudarle. Ella había dejado la jaula de los pájaros en el piso y todos se murieron. Les lloró un rato pero luego se resignó.

Carmen me avisó que le habían ofrecido más horas en la secundaria en la que está dando clase. La felicité y me invitó a comer.

En medio del barullo de la cocina económica, le platiqué de Gonzalo y, sin ponernos de acuerdo, empezamos a platicar, como mucho antes, del imperativo categórico y la crítica nietzscheana. Volvimos a emocionarnos invocando a Zaratustra, a Tzara, decíamos entonces, tratando de confundirlo con Tristán y el dadá. Me dijo que había estado leyendo a Sartre otra vez y me sorprendió. Entonces me comentó, con tono de suficiencia doctoral, que la nada sí existe. No quise preguntarle por qué estaba tan segura.

Febrero 27

Nuevamente está Carmen en mi cuarto. Hicimos el amor con mucha ternura, como si nos acabáramos de conocer y tuviéramos que guardar las apariencias. Me volvió a repetir que me quería mucho, *mucho, más que a nada, más que siempre, eres mi vida, mi cara, mis manos, mi cabeza volando dentro de mi cabeza, mi respiración, mi locura. Como cuando te conocí, Miguel, igual a cuando te conocí*. Me dio una tristeza enorme oírselo decir, así, tan abruptamente, tan sincera, tan de verdad. Me dio terror porque sé que es cierto y porque sé que haría cualquier cosa por mí. ¿Por qué las mujeres se aferrarán siempre a cosas inverosímiles?

La nada debe existir y debe llamarse seguramente Miguel y Carmen. Lo que no es, sería más correcto; lo que no es y tiene que repetirse cientos de veces para intentar creer que es.

Sigo con mi cuasimitología filosófica. Soy un asco.

Así, con la luz del día entrando por la ventanita del cuarto, hasta me da gusto escribir. Agarrar el lápiz y soñar.

Febrero 29

Me asaltaron en el metro. No traía nada pero los chamaquitos se llevaron mi reloj de pilas. ¿Cuánto le podrán sacar si lo revenden? Hasta los rateros deben estar muriéndose de hambre.

Otro día sin saber nada de Gonzalo.

Intenté volver a leer pero no pude concentrarme. Además, creo que necesito anteojos o algo así porque las letras se me confunden y todavía no creo estar tan menso. La disyuntiva es: otro gasto para los lentes o renunciar al absurdo y renacido deseo por la lectura. Evidentemente optaré por la segunda, de todas maneras iba a durar muy poco. Y ya no entiendo muy bien todas esas cosas.

Me pongo fatalista. Después vienen los filósofos serios a hablar del intrínseco fatalismo del mexicano, los muy puercos. Mejor aquí le paro porque este es un año bisiesto y a lo mejor me cae la maldición eterna.

Marzo 1

Gonzalo dijo la palabra mágica: sí. Parece que ya tengo chamba. Sí. Parece que todo va en serio. Sí.

Le voy a echar todos los kilos.

A Carmen le va a dar gusto, supongo.

Otro perro muerto junto a la puerta. No tenía señales de violencia y hasta estaba gordito, a lo mejor lo envenenaron. Quién sabe.

¡Ay, vida, vidita! A veces eres chingona. Empiezo a trabajar el 12.

Marzo 2

Las ratas se comieron el pan que mi madre había dejado sobre la mesa para mi desayuno. Yo no las vi, pero la vieja gritó:

—Esas malditas, otra vez de ladronas.

Y supongo que no se estaba refiriendo a las vecinas (¡je!).

Voy a jugar futbol un rato. Tengo ganas de emborracharme. Y no tengo ganas de ver a Carmen. De repente me dan ganas de no verla nunca más y de dejarme de preocupar por su tristeza, su llanto, su amor, o lo que sea. De repente tanto cariño es un estorbo. A ella le debe pasar lo mismo porque hay semanas enteras en que no me habla. Los dos lo entendemos muy bien. Nos conocemos ya desde hace tiempo.

Tengo que comprar zapatos.

Marzo 6

Un tío de Carmen se suicidó. Como siempre sucede en estos casos, nadie sabe a ciencia cierta por qué se disparó una bala en la boca. Carmen no ha podido reaccionar. Cualquiera diría que también se quiere morir. Casi no habla, pidió un permiso indefinido en su trabajo y anda atareadísima arreglando lo del funeral. Yo no la he querido ver. Aunque como quiera la veo. No le hablo de nada ni ella tampoco, parecemos momias recostados uno sobre el otro en el sillón de su sala.

Evidentemente no quise decirle lo de mi trabajo.

Qué puntada la del tío ese. Sus razones tendría. Como siempre, mis respetos para la muerte.

Ayer, mientras dormitaba en un camión, soñé que era un indio corriendo tras un venado bajo el sol del desierto. La persecución era violenta y erótica a la vez, muy dulce de cualquier manera. Cuando me desperté no me pude explicar qué hacía un venado en el desierto; y también se me había pasado la parada del autobús, así que ya no pensé más en eso. Pero qué hermoso: un venado en el desierto.

Marzo 9

Pasó la tormenta, el tío de Carmen está tres metros bajo tierra y ya no llueve. Aunque todo mundo se opuso, Carmen insistió en que se le diera cristiana sepultura y así fue, con rezos y café tibio y todo lo demás. Nadie lloró.

Los perros se siguen muriendo. Ahora hasta en manadas enteras. Los noticiarios empezaron a hablar de ellos hace dos días. Ya me decía que no solo era mi alucine.

Marzo 11 (ya casi 12)

—¿Y tú crees que valga la pena? —me preguntó Carmen cuando le dije lo de mi trabajo.

Ni siquiera cambió la expresión apagada de sus ojos, nada de rabia en ellos, nada de cólera. Pero supongo que los míos estaban llenos de rabia y de cólera y de ganas de matar.

—¿Y a poco tu trabajo sí la vale? —le pregunté a mi vez, casi gritando—. ¿A poco es muy importante dar clases de español en una secundaria de gobierno cuando hasta tienes una maestría en Sócrates o alguna otra pendejada por el estilo? ¿A poco es muy chingón haber conseguido ese puto empleo porque tu tío era el exdirector del plantel? ¿Y qué vas a hacer ahora, Carmencita, ahora que a tío Midas se le ocurrió pegarse un tiro y darse por muerto?

En ese momento pensé que tenía que detenerme pero no pude. Las palabras salieron de mi boca como si hubieran estado listas por años, años enteros. Toda una vida.

—Y sabes qué, amorcito, tienes razón. Ni eso ni nada vale la pena, ni la más puta ínfima cosa del universo, ni tú ni yo, ni este castrado idilio de mierda, ni tus ojos que no conocen la rabia ni las ganas de matar ni nada. Y, a fin de cuentas, ni quiero trabajar, y mucho menos tallándome el lomo a diario, y ahorita mismo mando todo al merito carajo que es de donde todo vino…

Eso le estaba diciendo, o algo por el estilo, cuando se puso a reír como loca, quedito, burlándose. Llamó a mis palabras sesudas consideraciones nihilistas propias de un zopenco tercermundista fracasado y alcohólico, impotente o mal amante, una de las dos cosas, no recuerdo muy bien cuál. Miguelito el Farsante, el hijo de tu puta madre. Y fue lo último que dijo porque después me empezó a golpear y no como se supone que golpean las mujeres, así como sin ganas, solo por apantallar, sino bien duro, directo a las partes más sensibles, a los huevos, pues, hasta que me tiró.

Después se arrodilló junto a mí y se puso a llorar. Y yo también lloré, no sé si de dolor por los golpes o de dolor por verla llorar. O más bien, nada más de verla llorar, sin pizca alguna de dolor. Pasó el tiempo, como siempre pasa, justo a la orilla de uno.

—Nadie es feliz, Carmen —le susurré—. Es tan obvio.

Entonces nos recostamos uno cerca del otro y esperamos el amanecer con los ojos abiertos.

La nada, Carmen tiene razón, sí existe. Somos ella y yo en esta ciudad, juntos, atados porque carecemos de todo; nos falta aire y luz, arcoíris, alegría. Porque estamos hechos de polvo, de humo gris, de rabia silenciosa que desaparece. Nada.

—Mejor así —murmuró Carmen cuando estuvo lista para irse.

Luego escuché el eco de sus pasos bajo el ruido manso de la lluvia matutina.

Tiene razón: mejor así.

Marzo 30
Maldita libretita. Mejor la tiro para no acordarme.

Lo que Elíades sabía

En el sueño camino de noche por la ciudad, solo. Me siento pequeño frente a los enormes edificios y frágil ante tan duro silencio. Parece mentira que una ciudad tan grande sea capaz de callarse con tanta fuerza, con tanto ensimismamiento. Entonces, de repente, oigo el sonido demencial de las alarmas y veo, al mismo tiempo, a la mujer que huye. Ella va sola como yo, pero entre las manos lleva un atado de joyas. Cuando los policías me detienen para preguntarme hacia dónde se fue el ladrón, les digo que vi una sombra en dirección contraria. A medida que las sirenas y las luces de colores se retiran, la calle se vuelve oscura una vez más y, entonces, la vuelvo a ver. Primero es solo un cuerpo delgado vestido de negro en el filo de las azoteas; luego, distingo su boca roja bajo el antifaz que cubre la mitad de su rostro. La boca jugosa, sonriente, hace el gesto ambiguo de un beso mientras me arroja un diamante desde lo lejos. Sobre la piedra cristalina veo el rostro cubierto de mi heroína mientras ella se va saltando, ágil, sobre los techos.

Entonces sonó el teléfono: era Rosario llorando quedo.

A través de las persianas entraba una de esas luces vespertinas que solo duran un momento. Luz dorada, luz que ya se va. Un sol anaranjado y tembloroso se derramaba sobre la tarde con una lentitud pasmosa y me hería los ojos. Mientras me despertaba dejé correr el llanto de Rosario sin decir nada. Luego, con el teléfono sobre el hombro derecho, me dirigí hacia la ventana y espié las ventanas del edificio de enfrente. Había, como siempre, hombres y mujeres haciendo cosas cotidianas, cosas sin importancia que, sin embargo, adquirían un peso inusual, una melancolía insoportable, bajo la luz del atardecer de septiembre.

—Elíades se fue —me informó Rosario y, después, siguió sollozando.

No dije nada. No hice nada. Dejé caer el llanto de Rosario como antes la luz, sin darme cuenta, esperando que algo pasara, que algo se rompiera. Ni siquiera me moví. Sentí calor y cansancio y unas ganas tremendas de seguir durmiendo, y soñando. Pero no pude cerrar los ojos. Me dolía la cabeza, tenía sed; había despertado. Entonces, mientras intentaba acomodarme sobre la cama una vez más, vi el par de calcetines que había querido remendar el día anterior: todavía tenían agujeros. Inmóviles, como yo mismo, parecían una naturaleza muerta sobre el edredón de coral. Después, observando el techo, me entretuve inventando heroínas malvadas.

Todavía con el auricular sobre el hombro, tuve ganas de abrir las ventanas, de dejar entrar el aire, aire, mucho aire. Por algunos minutos solo fui capaz de pensar en una hermosa masa ligerísima de aire transparente adueñándose de la casa. Más tarde creció el deseo de la lluvia, tan intenso como si se tratara de la salvación o de un cuerpo. Agua sobre mi cuello, caricias de agua resbalando por los tobillos, golpes de agua entre las manos, agua para nadar y agua para beber, para morir. Rosario estaba del otro lado del teléfono como un pez, un animal en su burbuja de sollozos quedos. No supe cuándo se detuvo el llanto. De repente, descubrí que estaba conectado a un gran silencio.

—Elíades se fue —repitió Rosario—. No me dio ninguna explicación. Mientras empacaba sus cosas solo decía entre dientes la palabra *vergüenza*.

Otro hombre que se iba, eso era todo. Rosario todavía tenía la mala costumbre de llorar cada vez que eso sucedía. Era una especie de rito: sorprenderse, sucumbir, llamarme, renacer. Al siguiente día todo estaba bien, volvía a tomar los lápices y los pinceles, entregándose a su trabajo con fuerzas renacidas. Hasta que lo inevitable volvía a adquirir un rostro, una isla. En ese momento estaba otra vez a la merced de cualquier cosa. Se dejaba llevar, no se interponía. Muchas veces me quiso explicar en qué consistía el proceso pero, en todas las ocasiones, abría la boca y algo se le quedaba atorado en la firmeza de la garganta, en la barrera blanca de los dientes. No podía deshacerse de su alma y se rendía.

Rosario no volvió a decir nada pero no colgó sino hasta la medianoche. Yo, por mi parte, continué en silencio. Me acostumbré hace mucho al mutismo de Rosario, a sus pausas defensivas, a su terca afasia. También yo había visto sus últimos bosquejos la noche anterior. Rosario estaba ya muy ebria y, por esa razón, abrió la puerta de su estudio y nos dejó entrar. Se tambaleaba y se reía mientras nos mostraba su colección de mujeres destrozadas y felices, sus mujeres con antifaces geométricos y sonrisas rojas, perfectas. ¿Cómo podía quedarse Elíades después de eso? ¿Cómo, si Elíades Miranda ni siquiera sabía que ella pintaba?

Recordé mi sueño. Vi una vez más a mi heroína arrojando diamantes desde las azoteas de las noches más negras. Y volvió el dolor, el dolor dentro de mi pecho vacío, el dolor de estar despierto. Imaginé a Elíades cargando su maleta, perdido entre las calles de la ciudad, tratando de parar un taxi. Entonces también recordé a la otra mujer. Fue inevitable. También la había visto la noche anterior, en la misma fiesta de Rosario. Ella estaba sentada sobre un banco alto, bebía algo en una copa larga donde había quedado dibujada la media luna anaranjada de sus labios. Observaba el ir y venir de los cuerpos desde una indiferencia sin movimientos, serena. Me acerqué sin saber, sin saber también me dejé fascinar por su cuello luminoso, su piel de seda, sus senos chiquitos tras la tela negra. Su inmovilidad era preciosa, casi altanera. Por eso me aproximé, por eso extendí la mano derecha y me aventé al marasmo de su presencia. Apresurado. Un perro tras su presa. Pero en el último momento me detuve. Su cuerpo se había crispado como un gato listo para la pelea, y sus ojos me miraban de arriba abajo, sin contemplaciones, sin clemencia.

—No te atrevas —dijo—. No —afirmó.

Una sola vez. Una sola vez que era suficiente para contener toda la infinidad de negaciones que pudieran existir en el mundo. Observé sus ojos. Estaban totalmente abiertos por fuera pero cerrados por dentro. No había una sola grieta en ellos, ni una sola astilla. Sus ojos eran un escudo, un velo, un horror. Un NO gigantesco, opaco, sucio, negro como las manchas descompuestas de Rosario, los cubría por completo.

—¿Y qué haces aquí? —alcancé a preguntarle con mal disimulada sorna.

—Estoy en calma —contestó, dándole un hachazo final a mi orgullo herido.

Me habían rechazado muchas mujeres antes, eso es cierto, y estoy seguro de que otras tantas me rechazarán después, porque nadie escapa totalmente a ello, pero nadie, sin embargo, me había repudiado con esa mirada plena y muda. No. Nadie con esa fuerza que nace de la serenidad. *Vergüenza.* Me descubrí repitiendo la misma palabra que había usado Elíades. No supe por qué; no supe lo que quería decir, pero de alguna manera la palabra parecía exacta, urgente, necesaria.

En ese momento me dieron muchas ganas de platicar con él, quería preguntarle. Yo también estuve con Rosario alguna vez, hace muchos años. La había tocado como

Elíades, seguramente de la misma manera, afiebrado por un deseo en forma de hambre. Y él tendría que haberla visto como la vi tantas veces: dormida en la mañana sin apenas presentir el bochorno o el sol, sin darse cuenta de nada. Como yo entonces, Elíades habría tenido que sentir la inalterabilidad de Rosario, su reposo, su calma, algo que se dejaba colar por entre el cuerpo pero que poco tenía que ver con el cuerpo. Después, quizá, él había empezado a sentir miedo, y había aprendido a callar con la misma consistencia del que llegó a ser mi propio silencio. Había empezado a sufrir. Y había sido demasiado. Sí, después de ver los bosquejos de Rosario algo había sido, sin lugar a dudas, demasiado. Yo regresé a mi apartamento porque no tenía ningún otro lugar a donde ir, pero Elíades tenía La Habana y una maleta donde se llevaba con toda seguridad unos calcetines con los mismos agujeros que los míos. ¿Huía él de la plaga de esos colores hondos y terribles? ¿Trataba de escapar de las grandes mujeres gato con el par de manos entre las piernas, justo a la entrada del sexo? ¿Se alejaba de las bocas rojísimas capturadas como sonrisas socarronas y letales? Me gustaría, aun ahora, encontrar a Elíades y preguntarle.

¿Por qué no le dije nada? ¿Por qué me detuve junto al llanto de Rosario, pensando en la lluvia y en la pecera? Nunca lo supe. No era la primera vez que la oía llorar y gemir a ciegas. Cuando nos separamos lo hizo también, sollozó sin descanso una tarde y una noche enteras. Se sentó sobre la base de la ventana, ahí se ovilló en un círculo perfecto y se quedó llorando mientras el sol de septiembre caía poco a poco, hasta que se lo tragó la noche por completo. Nos habíamos dejado de amar, supongo; pero yo nunca la amé tanto como en ese momento. Fue como si de repente ella se hubiera transformado en algo asombrosamente frágil pero inquebrantable. Ella lloraba porque sabía que ya no había punto de regreso y yo, que no había dicho nada, me senté a observarla desde el sillón deseando que todo regresara. La oí llorar también otras veces, cada que uno de sus amantes tenía que abandonarla, en dos o tres ocasiones, y solamente por teléfono. Nunca logré entender cómo podía sufrir e intentarlo de nuevo. Yo difícilmente pude hacerlo: nunca quise volver a presenciar el llanto de una mujer. Desde entonces me convertí en una mirada a la vez ávida y satisfecha que buscaba mujeres lejanas, siempre protegidas, ellas y yo, por el pasadizo de la distancia. Había tenido, es cierto, infinidad de aventuras rápidas y desmemoriadas. Algunas veces había dormido con jovencitas tan deseosas de amar que casi se convencían de que lo estaban haciendo; otras veces hice un remedo de amor con mujeres ya desencantadas de todo que, sin embargo, todavía se dejaban engatusar con gestos manidos. Verlas llorar, sin embargo, estaba totalmente fuera de mis planes. Tan pronto surgía la posibilidad yo me alejaba sin explicación alguna, sin volver la vista atrás. Sodoma de sal.

Harto de darle vueltas y vueltas a lo mismo, me acerqué a la ventana y ahí, recargado sobre el cristal, dejé pasar el tiempo. Era ya casi de madrugada y la lluvia que tanto había deseado horas atrás empezó a caer quedamente, casi a escondidas de la ciudad. Después llegó la tormenta. Finalmente abrí la ventana y dejé entrar el aire, las gotas de agua, el frescor. Una luna pálida y borrosa casi lograba traspasar el edificio de enfrente, pero no pude verla. La presentía, sin embargo; en algún lugar detrás de los nubarrones y de los ladrillos, la luna era real. Tenía que serlo. Desde la base de la ventana, desde ese lugar donde Rosario había llorado una tarde y una noche completas en otro septiembre, vi la lenta aproximación de Carlyn, mi vecina. Caminaba sin prisa con los zapatos en la mano y la cabeza gacha. Cuando tocó a mi puerta casi la había olvidado ya, pero solo podía ser ella.

—Buscaba a alguien —murmuró, y se dejó caer sobre el sillón de la sala.

Después se quitó los anteojos, intentó sacudirse el exceso de agua del cabello y se rindió ante lo inevitable de la humedad. Traía dos cervezas alemanas dentro de su morral de Oaxaca y me ofreció una, como pidiendo disculpas por haber llegado en ese estado y a esa hora. Bebí la mía pensando en Elíades y viéndola sin recato. Guardamos silencio. La tormenta era pacífica, sin rayos, solo viento, viento y lluvia. Carlyn se cubrió con una manta y yo pensé que estaba durmiendo.

—Si cierras los ojos puedes oír el ruido del Pacífico —dijo con su característica voz baja—. ¿Lo oyes? —preguntó al momento de abrir los ojos.

—No —contesté escuetamente.

Carlyn se incorporó, sacó una pipita azul de su morral colorido y, después, algo de hachís.

—En Chile, algunas veces, el Pacífico tiene el mismo sonido —masculló mientras chupaba su pipa—. Es tan diferente a la costa del Atlántico —continuó.

Iba a decir algo más pero, en su lugar, se quedó observando las ventanas.

—¿Te dije que a mi hijo no le gusta el Atlántico?

No sabía que tenía un hijo, no sabía que había vivido en Chile, no sabía por qué estaba ahí, sobre el sillón de mi sala, húmeda y distraída y con palabras entrecortadas. Mi curiosidad, sin embargo, no fue lo suficientemente grande como para preguntarle algo. Estaba asombrado y confundido; dolido de mi asombro y de mi confusión entremezclados. Era un ignorante, no me cabía duda alguna. Ignoraba la vida de esta mujer y de todas las otras mujeres. Ignoraba la mancha oscura de su rostro y la mancha aún más oscura en otro lugar de su cuerpo, su lugar. Ignoraba. La rabia creció tanto y a tan alta velocidad que de inmediato tomé una decisión:

a Carlyn le preguntaría, ella tendría que decírmelo. Pero Carlyn no dejaba de hablar.

—Estaba viviendo en San Francisco cuando los periódicos anunciaron lo de Allende —dijo con la mirada concentrada en la luz de la lámpara—. Entonces me puse a juntar dinero porque quería regresar. ¿Sabes que ahí crecí de niña y ahí aprendí español?

Moví la cabeza de derecha a izquierda indicándole que no, que no estaba enterado.

—Pero cuando logré llegar fue demasiado tarde, ya casi todo estaba terminado —calló por un momento y, luego, sin verme, continuó—: De todas maneras quise quedarme, ¿sabes? Quise tener un hijo con esa voz como de cántaro —agregó.

Hablaba muy quedo, tanteando al lenguaje como si este fuera una criatura arisca. Seguramente solo temía cometer errores gramaticales. Yo me había vuelto a acomodar en el sillón con la cerveza fría entre las manos y le ponía atención. Carlyn, sin embargo, no estaba hablando conmigo, sino con sus fantasmas. A veces parecía mirarme, pero en realidad sus ojos atravesaban mi cuerpo y se posaban sobre los confines de otra ciudad. Por largos segundos temí que hablara de amor, porque las mujeres siempre empiezan y terminan hablando del amor, y más cuando están tristes y ebrias y tan cansadas que ni siquiera pueden llegar a casa. Pero no lo hizo, al menos todavía no lo hacía. En lugar de eso hablaba de Chile, de Chile y su regreso, de Chile y el vacío. Todavía en silencio, observé sus pómulos altos y la nariz sajona, la piel blanca ya cruzada de arrugas y su cabello rubio salpicado de canas. Traté de calcular su edad y su historia pero, a medida que hablaba, me fui perdiendo entre sus muchas ciudades. Había nacido en Budapest y crecido en Santiago, después se había mudado a San Francisco solo para llegar más tarde a México. Su errancia parecía infinita y yo, de madrugada y con cerveza en mano, gocé imaginando lo peor. Pensé que su padre había sido un nazi de poco rango que, cuando la guerra tocaba a su fin, había logrado huir con su familia sin rumbo preciso, una noche oscura de noviembre. Después imaginé a la niña, de abrigo rojo y mallones blancos, que era Carlyn cuando el navío atracara en las costas chilenas: sus ojos grandes y claros estaban abiertos con una desmesura nada infantil. Parecía que ahí, frente al país desconocido, Carlyn veía con toda consciencia el primer rostro de su exilio. La niña asustada, por todo lo demás, era muy similar a la mujer asustada que tenía enfrente: Carlyn era tan flaca entonces como ahora, su voz tan queda y titubeante como la que le estaba oyendo.

Nunca había platicado antes con ella. Cuando llegó al edificio lo único que se murmuró fue que era extranjera y, desde aquel tiempo, me acostumbré a oír sus pasos rechinando una y otra vez sobre los pisos de madera. Solo eso. Carlyn caminaba sin parar, subía las escaleras a toda prisa, se perdía detrás de las puertas. Rosario y ella, sin embargo, hablaban de vez en cuando. Me pareció recordar haberlas visto juntas varias veces, tendidas sobre el piso, fumando cigarros. Supuse que a Rosario le gustaban sus historias y su voz queda, su manera de cruzar las piernas una sobre la otra como nudo ciego, sus mundos perdidos en ciudades luminosas y continentes inéditos. Supuse que, a pesar de las obvias diferencias, estas dos mujeres se hallaban a gusto en su mutua compañía porque ambas eran proclives a caminar en la calle en noches de tormenta. Supuse tantas cosas mientras trataba de ponerle atención que, en lugar de entender su relato, acabé perdiéndome en mis propias conjeturas. Luego, inevitablemente, volvió a invadirme el recuerdo de Elíades y, sin pensarlo, sentí lástima por los dos. Lo imaginé sentado cómodamente en el asiento 9E de un avión, negándose a ver la ciudad que dejaba atrás, y me angustió la idea de su lejanía. ¿Qué lo había golpeado de aquella manera? ¿De qué, en realidad, huía? Las preguntas se acumularon. ¿Odiaba a Rosario? ¿Le asustaron las manchas negras que siempre cubren un rostro de mujer? ¿Lo conmovió la desnudez, esos amarillos violentos que abrían un cuerpo a horcajadas? ¿Lo amedrentó la sospecha de que también sobre los hombros de Rosario había una mancha escondida detrás de un antifaz perfecto? La falta de respuestas era tan abrumadora como la cantidad de preguntas. Con ellas a cuestas volví a fijarme en la figura de Carlyn.

Comenzaba a clarear. Alguna ligereza se había colado entre la oscuridad compacta de la noche y se transformaba, poco a poco, en luz. Bajo esa fugaz iluminación el rostro de Carlyn lucía demacrado. Las ojeras y las arrugas la hacían parecer como una mujer mayor y fea. La idea de que una mujer así estuviera sobre mi sillón, robándome el sueño, me produjo un sarcasmo triste, casi dulzón. Entonces, aunque dijo algunas palabras más con relación a su hijo, me fue imposible oírla. Lo único que conservaba dentro de mí a esas horas era la angustiosa visión de Elíades viajando con rumbo a La Habana, llevándose un secreto que nos pertenecía a los dos. Mientras Carlyn dormitaba o movía los labios, yo lo imaginé a él sentado bajo un árbol frondoso, entreteniendo un mojito sin certeza ni compañía, convencido de que la realidad, cualquier realidad, no tenía solución. Luego lo vi envejecer solo y meditabundo, con su revelación a cuestas. Entonces maldije a Rosario, a Carlyn que gesticulaba sin sonido alguno frente a mí, a la mujer del gran NO, a todas las mujeres. Recordé a mi madre arropándome de noche, porque estaba sola y me tenía a mí como a una posesión o un castigo, y también la maldije. Luego pensé en mamá Eugenia, la abuela de trenzas grises y delantales blanquísimos, y seguí con mi maldición. De un momento a otro todo se llenó de mujeres; sufrí un avasallamiento. Estaban en todos lados, en los más grandes y en los más pequeños y, sobre todo, en los más impensables. Mujeres encima de mi paraguas, mujeres saliendo del alcantarillado, mujeres colgando de la luz. Y todas tenían una mancha negra sobre el rostro; y sobre la mancha negra todas llevaban un antifaz de ensueño; y debajo del antifaz todas mostraban una boca roja y socarrona, a medio abrir y medio cerrar por un gemido que se antojaba frutal. Y todas sus manos, como las manos de las mujeres de Rosario, iban hacia ahí, hacia el más desconocido de todos los lugares y se plantaban ahí como una semilla y ahí se quedaban como una raíz.

Carlyn seguramente no sabía lo que yo estaba pensando pero poco a poco se acomodó sobre el sillón en ángulos impredecibles. A medida que su cuerpo se acurrucaba en posición fetal, me di cuenta de que estaba frente a una pintura de Rosario. Carlyn tenía la boca justo frente a las rodillas y las dos manos entre las piernas en un gesto de protección y de abandono a un tiempo. En esa posición siguió hablando. Oí por primera vez la palabra *hombre* y después, peligrosa, dolida, la palabra *amor*. Quise escucharla, concentrarme verdaderamente, espiar, descubrir, rasgar. Porque este hombre que aparecía ya en el filo del amanecer no era el hijo; era el otro, el hombre, su dolor.

Carlyn, sin embargo, hablaba en acertijos. La desgracia, decía, la necesidad de seguir amando, la algarabía de las pieles, el ansia de tomar entre los brazos. El placer, murmuraba, el placer inmenso y, también, la inmensidad del vacío.

—El placer y el vacío, ¿sabes? Son inmensos —Carlyn no esperaba una respuesta ni una interrupción—. Las ganas de irse también. Porque para dejar a la desgracia o para encontrar otra vez a la desgracia es necesario irse, ¿sabes? Pero estamos quedados aquí, mi hijo y yo. Hoy lo vi, ¿te lo dije?

Ni siquiera fue necesario decirle que no porque Carlyn continuó con una letanía para mí aburrida. El dolor.

La mujer era otra más sufriendo, otra más envuelta por la desgracia. Y yo, que quería saber lo otro, me desesperé. ¿Por qué ninguna hablaba de todo eso? ¿Y cómo preguntarle yo por algo que no sabía? Traté de ver mi sueño una vez más. Traté de revivir el sentimiento de absoluta desorientación y melancolía con el que me aventó a la tarde. La figura oscura saltando sin peso por encima de las azoteas era, sin lugar a dudas, una mujer. La mancha en el rostro, ahora la vi perfectamente, estaba cubierta con un antifaz. Y lo que colgaba desde los hombros era una capa negra, la capa redonda de las malvadas heroínas. Pensé en ellas, no en las mujeres en colores pastel que luchan contra el mal, sino en las otras, las que ríen entre dientes mientras vuelan de edificio en edificio. Pensé en las brujas y en las hechiceras, en las que nunca domarán un unicornio porque no son doncellas, en los castillos abandonados por los que merodean de noche sin secuelas. Y después pensé en Rosario sollozando por teléfono, en Elíades huyendo bajo la luz del día, en la mujer de negro advirtiéndome "no te atrevas, no". Pero todo fue inútil, el dolor de cabeza y el sueño estaban a punto de vencerme.

Carlyn se había quedado dormida. El sol iba cayendo poco a poco por su cuerpo, cubriéndolo con isletas doradas. Hacía calor; había humedad en el ambiente. El ruido de la ciudad despierta entró todo junto por las ventanas abiertas. Las moscas matutinas hicieron su aparición. El olor a mercado y el ladrido de los perros también se colaron por las rendijas. Carlyn, sin embargo, continuaba tendida, fresca como una fruta imperecedera, como una fruta que no es una fruta sino un árbol, y un árbol que despierta. Me acerqué a la ventana, la cerré. Desde ese lugar me quedé observándola un largo rato, sin moverme, casi sin parpadear. Hasta se me olvidó su nombre. De repente, solo pude aproximarme a ella a través del olvido de su nombre; de repente parecía que todos los nombres se habían convertido en un gran estorbo para mi mirada. Ella estaba ahí, respirando, ajena. Algo me empezó a doler, algo en mi cuerpo; y algo, también, me dolió en su cuerpo. ¿Cómo podía sobrevivir envuelta por la desgracia? ¿Cómo podía caminar y caminar sin encontrar sosiego? ¿Y si yo fuera otro? ¿Si fuera capaz de abalanzarme sobre ella y destrozarla? ¿Y si yo fuera como el otro hombre que mencionó de madrugada? No supe por qué la imagen de ese hombre desconocido se convirtió, sin yo notarlo, en un monstruo carnal y triste. ¿Habría estado Rosario alguna vez en una cama ajena, contando desde la media luna de su cuerpo que un hombre la había visto llorar una tarde de septiembre sin hacer nada? ¿Sería yo para alguien más ese ser monstruoso por su silencio y por su ignorancia? Las preguntas me marearon; sentí ganas de cerrar los ojos, de descansar, de detenerlo todo. Sentí también algo extraño, un precipicio en el estómago, unas ganas vergonzosas de esconderme, de no existir. Parecía culpa, pero era otra cosa en realidad. Un reproche tal vez, una recriminación por estar mirando a Carlyn como a una obra de arte y no como a una persona; por estarla espiando, pendiente solo del descubrimiento de un secreto que, así lo sentí, había pasado frente a mí sin que yo lo notara. ¿Era eso, esto, lo que había enfrentado Elíades? ¿Era esto la vergüenza?

Cuando Carlyn abrió los ojos, cuando trató de incorporarse, algo cambió en el ambiente. En algún extraño lugar fue desenvolviéndose la ternura, una ternura brutal que también era un precipicio. Me vio sin recelo, con unos ojos tan abiertos como los de la mujer crispada del gran NO. Eran tan grandes como un antifaz: ocultaban y develaban algo, exactamente como un antifaz. La boca, tan pálida en la noche, se había vuelto una rebanada de sandía madura y olorosa. Estaba frente a una imagen de Rosario, lo sabía, y me dediqué a observarla por eso. Había tristeza, una especie de savia genética que se derramaba por el cuerpo, como una miel legendaria cuyo sabor bien podría ser amargo y deshacerse bajo la lengua. Y eso, eso que en realidad no sabía si era tristeza, salía del lugar de la otra mancha, la más negra, la del placer. El placer que, según Carlyn, era tan inmenso como el vacío. Pero nadie podía verla; nadie, en realidad, sabía. Volví a pensar en Elíades, en su nueva sabiduría, y seguí deseando ir a La Habana, pero ya no para platicar con él, ya no para preguntarle nada, sino para ver su rostro nada más, para constatarlo.

Pero mientras seguía observando a Carlyn y, a través de Carlyn, a mi sueño, me di cuenta de que desde el día de los bosquejos tenía metida entre mi carne la densa tortura de un deseo. Un deseo cruel por tocar, como si el tacto se hubiera convertido en el último refugio contra el silencio y la ignorancia. Lo ignoraba todo, pues, y me volvía lujurioso a un tiempo. Y no hacía nada, dejaba caer las horas y la luz y el llanto de Rosario, las palabras de Carlyn y mi angustia por Elíades, de la misma manera. Atado por la imposibilidad de llegar a la otra orilla, hundido en el subterráneo de las mujeres, avergonzado por desear y nunca saber y por necesitar tan ávidamente saber. Avergonzado, sí, repetí la palabra entre dientes bajo el sol del mediodía. En ese momento Carlyn pronunció unas palabras que casi no pude oír, unas palabras como la risa socarrona de las bocas de Rosario, más hondas y más oscuras que el gran NO de la mujer desconocida, más rabiosas que todas las rabias de las mujeres y los hombres de la Tierra. Y más frágiles también, tan cristalinas como una blasfemia. Eran como el diamante que mi heroína me arrojaba en mi sueño desde las azoteas. Le pedí, desde la base de la ventana, con una voz totalmente temblorosa, asustado de antemano por lo que vendría, que las repitiera. Y esta gatúbela dijo:

—Voy a dormirme aquí un rato pero, por favor, no intentes tocarme.

El hombre que siempre soñó

Siempre le pasaban miles de cosas extrañas con ella, pero lo que más le sorprendía era la manera en que dejaba de quererla por mucho tiempo, a veces años enteros. Durante ese lapso su desamor se convertía en una disciplina casi natural: caminaba sin prisa, jugaba con su hijo en la mañana, leía los diarios, trabajaba, departía con amigos en restaurantes de moda, se quejaba de la vida y la disfrutaba a la vez. En esas épocas, Fuensanta, su esposa, sonreía más y dormía mejor. Cuando llegaba a sorprenderlo en el balcón, con los antebrazos sobre el barandal de hierro y la mirada perdida en la copa de los árboles, no le preguntaba "¿en qué piensas, Álvaro?". En su lugar, pasaba una mano sobre su hombro y se alejaba, segura de sí misma, sin suspicacia alguna. Pero luego, sin razón aparente, volvía a acontecer: la quería otra vez. A veces la emoción era provocada por el olor que salía de la panadería en ciertas tardes de julio. En otras ocasiones todo volvía a empezar gracias a que, casualmente, alguien pronunciaba palabras que solo había escuchado de su boca. *Solanum tuberosum*. Otras veces le llegaban recados: notas escuetas escritas en papel cebolla o telegramas monosilábicos que caían sobre su escritorio sin peso, con el bamboleo de una hoja seca. Eran los signos de su aproximación.

En esos momentos él examinaba su propia vida y, con una urgencia impremeditada, recurría a abuelas y tías en busca de información. No sabía a ciencia cierta lo que buscaba, pero no descansaba hasta dar con ello. Así, entre tazas de chocolate caliente y pan dulce o en medio de comilonas familiares celebradas en largas mesas de madera, él volvía a escuchar las historias de su infancia con fingida distracción. Había sido un niño feliz. Nacido un mes de abril en el seno de una familia estable, nunca conoció la carencia. Tuvo luz de sobra, alimentos, mimos, cuentos nocturnos y las palmadas de amor con las que se vuelven a dormir los que han despertado a causa de una pesadilla. Sus necesidades no fueron desmedidas y, por eso, llegó a cultivar un carácter uniforme y plácido, dado a la buena compañía y la risa fácil. Porque era el más pequeño de tres hijos y el único varón, pronto también se convirtió en el favorito de la madre y el padre, aunque por razones distintas. Sus primeros años se sucedieron sin contratiempos entre familiares afectuosos, vacaciones junto al mar y libros. Justo entre los postres y el café, pero todavía bajo el influjo de los relatos, él constataba una vez más lo que ya sabía: no había en su vida ninguna patología que lo condujera a ella. Ningún trauma o complejo lo predisponía a su presencia.

Pero eso no fue lo que sintió la primera vez que la quiso. Sucedió en el invierno, en una de las épocas más agradables de su vida. Había terminado una carrera universitaria en el campo de la ingeniería y se había casado con una mujer de modales mansos y mirada justa. Todavía sin hijos, los recién casados pasaban el tiempo disfrutando sus cuerpos en paisajes distintos. Les gustaba viajar. A veces optaban por las grandes travesías en continentes y, a veces, por los pequeños escapes de fin de semana a ciudades aledañas. Iban a Cholula, Cuernavaca o Tepoztlán, siguiendo intuiciones inexorables más que planes específicos. En esas ocasiones manejaban con cuidado, escuchaban música de compositores muertos y admiraban las laderas de las montañas a monosílabos. Uno de esos viajes los llevó a Toluca, una ciudad alta cuyo mayor encanto era el frío. Ahí se hospedaron en un hotelito sin garbo un poco antes del anochecer y, en lugar de cenar algo y dormir, decidieron ponerse los abrigos y salir a caminar bajo las arcadas del edificio central. El frío los obligó a apurar el paso y a abrazarse con fuerza.

—Me duelen los huesos —dijo Fuensanta sobándose las manos—, mejor me regreso.

—Voy contigo —la atajó Álvaro.

—Pero si esto es a lo que venías, Álvaro, a caminar en el frío —Fuensanta le recordó su propio deseo y lo empujó hacia la banqueta conminándolo a continuar.

Todavía indeciso entre dejarla ir de regreso a un hotel desconocido o seguir con su caminata bajo la ventisca, él la observó alejarse poco a poco hasta que desapareció tras una esquina. El frío, que tenía la virtud de ponerlo de buen humor, lo hizo reaccionar con una energía inusitada. Se dio la media vuelta, alargó los pasos y a una velocidad mayor de la habitual recorrió la zona central de la ciudad sin ponerle demasiada atención a los pocos transeúntes nocturnos y a las construcciones propias de una ciudad anodina y acaso demasiado nueva. Motivado por las ráfagas de viento que venían desde el volcán nevado, Álvaro dejó el centro de la ciudad y se adentró en callejuelas empinadas y asimétricas que aparecían y desaparecían sin aviso alguno. Pronto no tuvo la menor idea de dónde se encontraba pero, lejos de preocuparse, la desorientación y el frío le aguzaron los sentidos: estaba despierto como pocas veces y, por lo mismo, contento. Fue dentro de esa algarabía física y mental que Álvaro la vio por primera vez.

Eran ya más de las diez de la noche cuando empezó a cansarse. Conforme la fatiga dominaba partes cada vez más grandes de su cuerpo, puso más atención en su alrededor. Había casuchas chaparras con grandes puertas de hierro, puestos de fritangas donde la gente se arremolinaba junto al fuego, farmacias, anuncios de neón, escaleras. Tratando de orientarse, se acercó a un poste de luz pero la luz desapareció tan pronto como él se detuvo. Entonces se percató del peligro. Se encontraba en un barrio desconocido de una ciudad ajena a altas horas de la noche. Hacía frío, además; un frío cortante y avasallador; un frío sin conmiseración. Volvió el rostro hacia todos lados tratando de identificar un taxi, pero la calle estaba vacía. Desesperanzado, les buscó el rostro a un par de paseantes nocturnos para preguntarles por la manera más rápida de llegar al centro, pero ninguno de ellos lo miró a los ojos y pasaron a su lado sin dirigirle la palabra. Todavía excitado por el frío pero ya con los principios del miedo, Álvaro subió una empinada cuesta hasta que la falta de respiración lo obligó a detenerse y vomitar por el esfuerzo. Estaba inclinado sobre una ventana de proporciones reducidas cuando escuchó los gemidos: era el tenue sonido de dos personas que terminaban de hacer el amor. Entonces, olvidándose de su situación, husmeó por entre las rendijas de las persianas y los observó. Eran un hombre y una mujer a medio vestir pero todavía entrelazados sobre el sofá de la sala. La luz mortecina de una lámpara y los brocados color púrpura del sillón le daban a la escena la pátina de una antigüedad casi insoportable. Había una infinidad de estatuillas doradas sobre mesas rectangulares, así como óleos con gruesos marcos de madera colgando de las paredes blancas. Mientras el hombre se fajaba a toda prisa la camisa y se anudaba la corbata frente a un espejo ovalado, la mujer, en cambio, yacía inmóvil sobre el sofá. Tal vez esperaba algo, alguna palabra o alguna caricia. Pero nada llegaba. Debajo de un vestido de seda azul celeste, se asomaba una pierna blanca, larga, que terminaba en un zapato de tacón del mismo tono pastel. Entonces, como si se hubiera percatado de su presencia, la mujer dejó caer la cabeza por una de las orillas del sillón y observó, de abajo hacia arriba, el minúsculo orificio de la ventana. Un flequillo irregular se desbordaba sobre las sienes, coronando unos ojos claros y grandes. Álvaro estuvo seguro de que había sido descubierto y salió corriendo. Resollando una vez más, llegó a lo que parecía una vía rápida y ahí detuvo al primer taxi que pasó.

—Voy al centro —dijo—, al hotel Guardiola.

El taxista lo observó por el espejo retrovisor con ojos de complicidad, pero no preguntó nada. Luego encendió un cigarrillo y subió el volumen del radio. La canción más conocida de Consuelito Velázquez lo llenó de melancolía. Al escuchar las estrofas recordó la escena que acababa de presenciar y se imaginó que la pareja de la casa antigua había hecho el amor *como si fuera esta noche la última vez*. Había sobre ellos ese aire de inutilidad, esa pátina de tiempo perdido, el eco de una emergencia. Cuando finalmente llegaron al hotel, Álvaro pagó y, al abrir la puerta, el frío volvió a sorprenderlo.

—Pero si hace un frío endemoniado —dijo más para sí que para el taxista.

—Pues qué esperaba, son las doce de la noche y a finales de noviembre —le contestó el hombre sin dejar el cigarrillo.

En ese momento pensó en la absurda vestimenta de la mujer del sillón: un vestido de seda azul celeste en una noche de invierno. Un vestido de tirantes delgadísimos en un lugar como Toluca, la ciudad más alta de todo el país. Entonces se subió el cuello del abrigo y cruzó la calle.

Fuensanta estaba dormida y no despertó cuando él se acomodó lentamente bajo las colchas. Trató de acercarse a ella para robarle algo de calor, pero se contuvo porque tanto sus manos como sus pies parecían pedazos de hielo y no quería incomodarla. Inmóvil, con los ojos abiertos en medio de la oscuridad, Álvaro estuvo un buen rato esperando una tibieza que no llegaba. Entonces escuchó el repiqueteo de unos zapatos de tacón sobre las baldosas del pasillo y, sin saber por qué, abrazó a Fuensanta como si fuera su salvación.

—No pasa nada —susurró al oído de su mujer cuando ella levantó los párpados.

—¿Lograste tu cometido? —le preguntó con una sonrisa somnolienta en los labios antes de volver a cerrar los ojos.

A pesar de la inocencia de la pregunta, las palabras de Fuensanta lo pusieron a la defensiva. ¿Cuál había sido "su cometido"? Tratando de encontrar la respuesta se quedó dormido.

La luz matutina lo obligó a cambiar de posición varias veces sobre la cama hasta que, harto del acoso voraz del sol, decidió levantarse cuando ya no hubo sombra alguna bajo la cual refugiarse. Abrió los ojos de mal humor y el cuarto vacío se le vino encima. Fuensanta ya no estaba bajo las mantas ni en ningún otro lado. Iba a llamarla cuando vio el recado sobre el buró. *Voy a caminar y después almorzaré en el restaurante del hotel. Encuéntrame ahí un poco antes de las doce. Besos. Fuensanta.* Las manecillas del reloj indicaban que todavía podía llegar a tiempo a su cita. Tomó un baño rápido y se puso unos jeans desteñidos y una camisa a cuadros. La imagen que le regresó el espejo era la de un hombre normal.

El restaurante estaba rodeado de ventanales limpios por los cuales se filtraba la luz clara y puntiaguda de las zonas altas. Buscó el rostro de Fuensanta entre los pocos comensales del lugar y, cuando divisó su sonrisa de media sandía, se dio cuenta de que no estaba sola. Fuensanta compartía un almuerzo ligero con otra mujer.

—Mira, Álvaro, te presento a Irena —dijo Fuensanta tan pronto como lo vio aparecer.

Había en su voz la excitación de alguien que ha encontrado un tesoro o el nombre correcto de la calle en una ciudad sin señales de tráfico. La mujer desconocida levantó el rostro y Álvaro no pudo pronunciar palabra alguna. Mudo, inmóvil, con miedo de hallarse al descubierto, solo atinó a observarla. Ya no llevaba el absurdo vestido de seda, sino unos overoles de pana café sobre una camiseta blanca que la hacían parecer mucho más joven. El flequillo castaño le cubría la frente y enmarcaba los mismos ojos grandes y tristes que había observado la noche anterior. La cola de caballo y un discreto collar de amatistas le daban el aire de niña vieja. Cuando Álvaro finalmente le estrechó la mano, la luz del mediodía cayó sobre la piel femenina con destellos dorados.

—Mucho gusto —dijo Irena.

Su voz era exactamente como se la había imaginado: suave pero profunda, como surgida de zonas húmedas bajo el estómago. En su desconcierto, Álvaro olvidó que tenía hambre.

—Álvaro, Irena conoce muy bien la región —anunció Fuensanta con júbilo—. Ella está coleccionando plantas silvestres en las faldas del volcán, ¿no es así, Irena? Y no le molestaría que la acompañáramos el día de hoy.

—A menos, claro está, que prefieran ver toda el área desde la rendija de la ciudad.

Las palabras de Irena parecían transparentes pero Álvaro supo al instante que no lo eran. No le cupo la menor duda de que ella lo había visto. *La rendija*. Estaba al descubierto. Pero no lo delataría. Ese parecía ser el acuerdo. Álvaro aceptó ir montaña arriba casi de inmediato: no tenía alternativa.

—Ya es un poco tarde pero todavía podemos aprovechar un par de horas de buen sol.

Irena los guio por calles estrechas hasta llegar a una camioneta *pick-up* de color guinda. Al abrir la puerta, una nube de polvo le ocasionó tos. Había herramientas oxidadas en el piso, mapas y brújulas sobre los asientos ajados, servilletas sucias. Álvaro se acomodó como pudo en los asientos de atrás y Fuensanta se convirtió en la copiloto.

—¿Y estas bolsas? —preguntó Álvaro indicando un par de morrales llenos de latas y otras conservas.

—Es mi sustento para este mes —explicó Irena, sin dejar de manejar a una velocidad que se antojaba excesiva—. Tengo una cabaña cerca de Raíces. Ahí paso casi todo el tiempo, especialmente durante la colecta de invierno. A la ciudad no bajo muy seguido —masculló entre dientes, viéndolo a través del espejo retrovisor.

—Qué interesante —dijo Álvaro, escuchándola como se oye a un embustero.

El paisaje lo distrajo. La luz caía delgada y filosa sobre los maizales. A lo lejos, el horizonte era casi de color azul, como el cielo alto, inalcanzable. Más allá, el volcán los esperaba impávido y seguro, eterno. Había en la nieve que lo cubría algo de amenazante.

—Debe hacer un frío horrendo en la noche —mencionó Fuensanta—. A ti te gustaría vivir por aquí, Álvaro, ¿no es cierto?

Antes de que él contestara, Fuensanta añadió:

—A Álvaro le fascina el frío, Irena. No sé por qué.

Irena lo volvió a ver por el espejo retrovisor; un brillo inédito le abrió una grieta dentro de las pupilas.

—Debe ser porque nadie puede quedarse inmóvil dentro del frío —dijo la mujer. Álvaro bajó los ojos, pensando en correr.

Irena salió de la carretera y tomó un camino de tierra. Manejó otro tramo esquivando los troncos de los pinos hasta que detuvo la camioneta en un paraje totalmente vegetal, solitario. Una vez ahí, Irena se echó a andar. Fuensanta y Álvaro la siguieron de cerca. El paisaje los subyugó: los oyameles que cubrían las laderas parecían llevarlos a otro lugar. Un bosque encantado donde se pierden los niños. El bosque primigenio. El bosque mítico. Los pinos impedían el paso de los rayos del sol y, pronto, los visitantes tuvieron frío. Sin hacerles caso, Irena se detuvo a examinar de cerca una flor pequeña, de suaves pétalos color lila.

—*Solanum tuberosum* —dijo, alzando el rostro hacia ellos, como si estuviera repitiendo una lección maravillosa.

Fuensanta y Álvaro intercambiaron miradas incómodas.

—Irena, nos estamos muriendo de frío —explicó Fuensanta con algo de impaciencia.

Por toda respuesta, Irena se incorporó y caminó de prisa.

—Solo hay una manera de vencerlo, Fuensanta —se volvió a verla—. Corramos.

La sonrisa en el rostro de Álvaro era una combinación de espanto y deseo. Estaba fuera de sí; corría cuesta abajo sin pensar en su mujer, sin pensar en nada. Su cuerpo había tomado el mando y lo guiaba camino abajo y camino arriba, como si un premio lo esperara del otro lado de la loma, del otro lado de la respiración. Resollando una vez más, con renacidos deseos de vomitar por el esfuerzo, Álvaro llegó casi arrastrándose hasta la cabaña de Irena. Ella lo esperaba ya sentada sobre una roca, cerca de un borrego al que trataba con una familiaridad inusual. Se detuvieron frente a frente, sonriéndose. Iban a decir algo cuando oyeron el grito.

—¡Álvaro! —la voz de Fuensanta indicaba que algo grave había pasado.

Sin dudarlo, Irena fue hacia ella y, minutos más tarde, regresó con la mujer colgando de su hombro izquierdo. Fuensanta se había luxado un tobillo.

—Álvaro —volvió a musitar cuando estuvo cerca de él.

Su marido la observó como a través de una bruma tupida y no se movió. No fue sino hasta la tercera o cuarta vez que escuchó su nombre que estiró los brazos y la cargó.

—Todo está bien —le dijo con un titubeo.

Irena abrió la puerta de su cabaña y los invitó a pasar. El fuego de la chimenea los hizo guardar silencio: el calor suave y la luz anaranjada de la lumbre parecían eternos. Mientras ella colocaba vendas en el tobillo de Fuensanta con manos expertas, Álvaro se deslizó sin ruido por el recinto. Tocó las paredes de piedra y madera; acarició las tapas de los libros, las telas de los muebles, las cortinas. Como un santo Tomás moderno, tocaba todo a su paso, tratando de convencerse a sí mismo de que eso existía, que era real. En algún punto infinitesimal dentro de su cabeza, muy dentro de sus sueños, había existido un lugar así. Pero nunca antes lo había visto. Nunca antes había estado dentro de él.

—¿Qué es exactamente lo que haces? —preguntó Álvaro con sincera curiosidad, mientras dejaba atrás libros de meteorología, revistas de la Sociedad Botánica de México, tesis sobre mejoramiento genético y dibujos a lápiz de plantas pequeñísimas.

—Irena hace investigaciones para un instituto de agronomía, ¿verdad? —la atajó Fuensanta.

La mujer guardó silencio hasta que terminó de ajustar las vendas alrededor del tobillo. Luego, con visible satisfacción en el rostro, se incorporó.

—¿Tomamos algo? —dijo, acercando una botella de coñac y tres copas sin esperar respuesta alguna.

Entre sorbo y sorbo explicó que estaba a cargo de un censo de las especies silvestres que crecían en las faldas del volcán para un instituto de investigaciones agrícolas que se encontraba en Arizona. Le interesaban, sobre todo, las papas. *Solanum tuberosum.* Trabajaba para un equipo que intentaba encontrar una solución no química al problema causado por el "tizón tardío", un hongo que, entre otras cosas, había destruido cosechas enteras a mitades del siglo XIX en Irlanda, provocando la hambruna que llevó a la inmigración masiva hacia los Estados Unidos. Irena ilustraba su narración con hojas atacadas por el mal, acercándolas a sus ojos como si Álvaro y Fuensanta fueran miopes o estuvieran de verdad interesados en sus investigaciones científicas. Poco a poco, conforme las intervenciones de sus interlocutores se hicieron más parcas, Irena cambió de tema. Hablaron un rato del clima, otro rato de la Ciudad de México y, finalmente, guardaron silencio. El balido de un borrego los hizo saltar de sus asientos.

—Estamos fuera de la civilización —murmuró Fuensanta, sin duda animada por el coñac.

—Sí —musitó Irena—. En efecto.

Álvaro solo abrió la boca para pedir más licor. Mientras el líquido ámbar caía dentro de la copa, la imagen de Irena envuelta en un vestido de seda color azul celeste le pareció aún más absurda que la noche anterior. Seguramente se había equivocado. Seguramente había visto mal. No había relación alguna entre la mujer de overoles que estudiaba plantas y la mujer recostada sobre un sillón antiguo después de hacer el amor con un hombre a todas luces cruel. La curiosidad, que iba en rápido aumento, lo mantuvo alerta. Fuensanta, en cambio, pronto cayó en la duermevela de la ebriedad.

—Pueden quedarse hoy en la noche —dijo Irena al notar la languidez de Fuensanta—. Mañana los llevo de regreso a la civilización —bromeó.

Las arrugas alrededor de sus labios lo conmovieron. Su manera de quedarse quieta, con la mirada fija en el fuego de la chimenea, lo sacó de quicio. Entre una cosa y otra, Álvaro se dio cuenta de que tenía ganas de conocerla. ¿Qué queda más allá de la civilización?, se preguntó en silencio. El amor, se dijo de inmediato. Afuera, a su alrededor, el bosque primigenio adquiría la oscuridad del misterio. O del terror, añadió para sus adentros.

No pudieron regresar al día siguiente. Una nevada ligera y una descompostura en la camioneta de Irena les impidieron volver montaña abajo, hacia el hotel Guardiola, hacia su auto, hacia su vida normal en la Ciudad de México. La civilización. Irena preparó un potaje de lentejas en una estufa de leños y, entre descripciones de coníferas y plantas helobiales, se comportaba como una anfitriona cortés. Todo en su conducta indicaba que disfrutaba la inesperada compañía de los turistas. Lejos de sentirse cómodos, Fuensanta y Álvaro pronto se descubrieron intercambiando miradas de soterrada angustia.

—Tenemos que regresar hoy mismo a como dé lugar, Irena —dijo Fuensanta, sin preocuparse por los buenos modales, cansada ya de andarse por las ramas, ensayando discursos oblicuos.

—El trabajo, ya sabes —explicaba Álvaro, tratando de limar asperezas innecesarias.

—Los entiendo —les contestaba la anfitriona con una sonrisa en los labios, pero sin hacer nada más en realidad.

Después de comer, sin embargo, salió rumbo a la camioneta con una caja de herramientas a cuestas. Álvaro se acomidió a ayudarla, pero ella declinó su oferta.

—Fuensanta puede necesitarte —dijo—. No tardaré mucho —afirmó.

En su ausencia, tanto Álvaro como Fuensanta inspeccionaron el lugar sin ponerse de acuerdo. La curiosidad los hacía romper con códigos sociales preestablecidos. La cabaña, que la noche anterior había sido una covacha acogedora, era ahora una cueva hermética, llena de signos corruptos, aire maligno. Sin embargo, todo lo que encontraban carecía de importancia o notoriedad. Los libros de botánica y biología se sucedían unos a otros en un orden perfecto; los tapetes mazahuas armonizaban con estatuillas de ónix y otras artesanías de los alrededores. Había botas de trabajo a un lado de la cama, suéteres de lana burda, un par de catalejos. Todo concordaba con la personalidad de Irena: sus libros, sus silencios, sus trabajos. La cabaña le pertenecía de manera total. La cabaña era el guante donde ella entraba sin dificultad.

—Mira —lo llamó Fuensanta, mostrándole un atado de cartas con sello de Dinamarca—. No parecen de Arizona.

Álvaro no le puso atención porque acababa de encontrar la fotografía de un hombre entre las páginas de un libro de zoología. El hombre vestía un traje color azul cielo y, bajo un bigote finamente recortado, se asomaban unos labios gruesos, gozosos, casi brutales. El sombrero de fieltro que cubría sus cabellos parecía pertenecer a otra época.

—Es él —exclamó—. Todo es cierto.

—¿Qué es cierto? —preguntó Fuensanta desde el otro extremo de la casa.

Álvaro lo dudó por un momento pero, al final, decidió mentir.

—Que estamos encerrados en una cabaña en medio de un bosque encantado —dijo en tono de broma, guardando la fotografía en uno de los bolsillos de su abrigo.

Fuensanta no sonrió. Afuera, una leve capa de nieve dejaba isletas blancas sobre el paisaje, la memoria. Observaron la luz de las montañas sin decir nada; luego vieron el camino del sol hacia el poniente. Una angustia vertiginosa los obligaba a guardar silencio.

—¿Y si nunca salimos de aquí? —preguntaba Fuensanta con pesar y rabia confundidas—. Nunca debimos haber aceptado esta absurda invitación.

La elección del término llamó su atención. *Absurda*. Él también lo había usado la noche anterior. A pesar de que Irena no dejaba rastros y todo parecía en orden, la palabra brotaba a su paso con naturalidad. Irena era absurda. Su cabaña en medio del bosque encantado era absurda. Y ellos, ahí, abrazados frente a la chimenea, adormilados por la desazón, eran también absurdos. El balido insistente del borrego era absurdo. Y absurdo era el frío que los había atraído a una ciudad sin encanto, a una montaña dormida vigilada por un volcán muerto.

Irena regresó un poco antes del anochecer. Venía aprisa, en compañía de un hombrecillo delgado que vestía un poncho color rojo.

—Si no es por Ezequiel tendrían que quedarse aquí —les anunció.

El hombre se dio por aludido y bajó la vista para ocultar su orgullo. Luego, sin transición, Irena los guio de regreso a la camioneta. Como el día anterior, Álvaro se acomodó en los asientos traseros mientras Fuensanta ocupaba el lugar del copiloto, desde donde observaba con nerviosismo el velocímetro. Conforme bajaban de la montaña, los altos pinos dieron lugar a los sauces secos y más tarde a los semáforos de la ciudad a oscuras. Ambos respiraron con alivio cuando llegaron a las calles del centro.

—Gracias por todo —dijo Fuensanta en tono cortante apenas abrió la puerta de la camioneta.

Irena le sonrió de manera oblicua.

—El placer fue mío —dijo como si en realidad estuviera diciendo otra cosa, dirigiendo la mirada hacia el parabrisas.

De repente, mientras ponía su primer pie en tierra firme, Álvaro comprendió con terror que Fuensanta no planeaba darle su dirección o su número de teléfono en la Ciudad de México. Todo parecía indicar que pretendía que el absurdo terminara ahí, a las puertas del hotel Guardiola, bajo un cielo negro. En el último minuto, justo antes de seguir los pasos de su mujer, Álvaro se dio la media vuelta, sacó la cartera del bolsillo posterior de su pantalón y, con un arrojo impremeditado, extrajo una de sus tarjetas de presentación.

—Búscame cuando vayas a la Ciudad de México —dijo, con un tono de naturalidad a todas luces fingido.

Irena, en cambio, recibió la tarjeta con el brazo alargado y la mano abierta, como si la hubiera estado esperando desde siempre. Tomado por sorpresa una vez más, Álvaro pensó que Irena se encontraba en realidad en algún sitio fuera de la civilización. Y por eso la quiso. Uno, dos, cinco minutos. Luego el frío los obligó a despedirse a monosílabos.

El tobillo de Fuensanta tardó un mes en sanar. Mientras recuperaban con dificultad el ritmo normal de sus vidas, tanto Álvaro como su mujer optaron por omitir la palabra *Toluca* en sus conversaciones. Ninguno de los dos mencionó el frío. Ninguno de los dos pronunció el nombre de Irena. A pesar de ser perfecta, la omisión no era resultado de acuerdo alguno, sino de un temor huidizo que los hacía cerrar los ojos antes de estar realmente dormidos. En esos momentos, los dos se introducían al bosque encantado por lugares distintos. Fuensanta avanzaba con lentos pasos de nube sobre el paisaje, mientras que Álvaro corría entre los árboles a una gran velocidad. En todas sus visiones, Irena iba de su mano, deslizándose a su lado con el ritmo de una sombra, algo sobrepuesto. Luego, cuando despertaban sobre el mismo lecho, los dos salían del bosque por el mismo sitio.

Álvaro pensó en Irena un par de días, tal vez una semana completa. La imagen de la mujer se colaba por entre las rendijas de sus horarios, con el acoso del frío o la añoranza de un lugar verde. A momentos, especialmente cuando observaba las copas de los árboles desde la terraza de su departamento en el treceavo piso, imaginaba que la quería. La emoción que lo embargaba entonces era atroz. Temblaba, experimentaba una sensación de hambre en la boca del estómago, seguida de inmediato por unas inmensas ganas de vomitar. Poco a poco, entre comidas familiares y programas de televisión, la perdió de vista en su interior. Después la olvidó, como se olvidan las cosas que nunca sucedieron. Más tarde, cuando Fuensanta y Álvaro omitían la palabra *Toluca*, no era debido a la precaución sino al abandono. Los dos habían logrado encontrar la salida del bosque definitivo. Pero estaban equivocados.

Álvaro avizoró la figura de Irena por segunda vez bajo las jacarandas de abril. Había encontrado a Sonia, su hermana mayor, en una café al aire libre donde se habían quedado de ver para saludarse y hablar de cosas sin importancia, como era su costumbre. Antes de ordenar los capuchinos de rigor y decidirse entre el pastel de frambuesas y el pay de queso, los dos abrieron una cajetilla de cigarros con premura.

—Si Fuensanta me viera haciendo esto me mataría en el acto —dijo Álvaro con el encendedor en la mano izquierda.

Sonia se alzó de hombros y lo conminó a continuar con una travesura que habían iniciado mucho tiempo atrás, al comienzo del sinuoso camino de la adolescencia.

—Pero no nos está viendo, Álvaro —comentó su hermana, mientras dirigía el humo hacia su rostro con secreto gozo.

Ya sea para evitar la irritación del humo o ya para gozar a solas el sabor de tabaco en los labios, Álvaro cerró los ojos. Uno, dos, cinco segundos. Cuando los abrió, no vio a Sonia sino a Irena. La mujer cruzaba el umbral de la puerta con su vestido de seda azul cielo, un collar de perlas alrededor del cuello, y la actitud cansina de una res rumbo al matadero.

—¿Viste un fantasma? Te pusiste pálido.

Cuando Sonia viró sobre su asiento para identificar la causa del desconcierto de su hermano ya era demasiado tarde. Irena se escapaba en una limusina blanca cuyos vidrios ahumados impedían la visión de Álvaro. Después del incidente, no tomaron café ni comieron. Entre cigarrillo y cigarrillo, Sonia trataba de encontrarle sentido a una historia que Álvaro relataba con oraciones a medio terminar, tartamudeos rotos y sonrisas extáticas.

—Es una mujer, Sonia —le decía—. Una mujer que conocí en un bosque.

Sonia, quien estaba al tanto de los vericuetos sentimentales de su hermano desde años atrás, solo guardó silencio. Había algo en la historia que la atraía y la molestaba simultáneamente. No era la doble vida de Irena, ni la ignorancia de Fuensanta, ni el tono infantil con el que Álvaro describía su *affaire* metafísico.

—No sabía que te gustara tanto el frío, Álvaro —finalmente había encontrado la causa.

La historia le molestaba porque se basaba en información que ella desconocía. La persona a quien creía saberse de memoria se le escabullía ahora usando un motivo pequeñísimo pero esencial: el frío. Algo que siempre le pasaba desapercibido.

—No es para tanto, Sonia —respondió Álvaro sin convicción alguna.

El frío. Le gustaba, es cierto, pero no sabía desde cuándo. Había sido una cosa súbita, estaba seguro; una de esas convicciones que nacen, crecen, se reproducen y nunca mueren a velocidad vertiginosa. Tal vez todo había empezado aquella mañana de enero en que la ciudad inmóvil se cobijó con nubes blancas, intentando encontrar algo de calor, y él, en cambio, había tomado la calle a paso rápido, conquistándola toda. Dentro del frío, Irena tenía razón, todo estaba permitido, excepto la falta de movimiento. Ese era su encanto, su particular fascinación.

La plática con Sonia terminó con un dejo de desconfianza y otro de resignación. A pesar de que todas las palabras que intercambiaron habían sido suaves y bien moduladas, los dos evitaron verse a los ojos cuando caminaron juntos rumbo al estacionamiento.

—Mantenme al tanto de todo —dijo lacónicamente Sonia al despedirse.

Al día siguiente, Álvaro encontró un ramo de flores y un sobre color manila encima de su escritorio. El gozo que lo invadió solo fue comparable a su miedo. ¿Qué buscaba Irena? ¿Qué podría darle él? La imagen de una Irena enloquecida, amarrada a sus tobillos como una bola de acero, lo hizo titubear cuando se acercó a aspirar el aroma de los nardos que le había enviado. Las miradas curiosas de los compañeros de oficina atravesaron los vidrios como espadas milenarias y eso lo obligó a detenerse, a abrir el sobre como si se tratara de un asunto familiar y a leer con paciencia y estupor confundidos: *Encuéntrame en el café Siracusa a las 4:15. Irena*. Lo que más le molestó fue el hecho de que Irena parecía no tener la menor duda de que él acudiría a la cita.

El café Siracusa era un lugar pasado de moda al que asistían usualmente oficinistas de medio pelo y mujeres con grandes bolsas de plástico. Álvaro iba al lugar con cierta frecuencia porque quedaba a unas cuantas cuadras de su oficina y, sobre todo, porque ahí nadie lo conocía. Cuando quería huir o esconderse, dirigía sus pasos al Siracusa como si se tratara de un paraíso secreto o un refugio detenido en una orilla del tiempo. Las grandes reproducciones del teatro griego, los templos de Apolo y la fortificación de Euríalo que cubrían las paredes del lugar contribuían a ese efecto. Al llegar, como siempre, se dirigió a la barra, ordenó un whisky en las rocas, abrió el periódico y se dedicó a esperar. Esta vez sabía que algo ocurriría.

Irena llegó con media hora de retraso y el cabello húmedo.

—Discúlpame, Álvaro —con sus pantalones caqui y una camisa azul casi parecía una mujer normal—, pero todavía me resulta difícil medir las distancias en esta ciudad.

A Álvaro la justificación le pareció lógica.

—Vamos hacia allá, ¿te parece?

Se movieron a una mesa rodeada de asientos abullonados color rojo. Irena pidió un sándwich y una botella de agua mineral. Cuando la mesera se fue, los dos se dieron cuenta de que no tenían absolutamente nada de que hablar.

—¿Por qué me espías, Irena?

La pregunta la pronunció otra persona dentro de él, alguien sin educación ni tacto; alguien sin el menor sentido del misterio y las argucias de la seducción; alguien con temor.

—El que espía eres tú, Álvaro —respondió Irena con naturalidad, como si el tema del espionaje fuera común entre dos personas que se reúnen por primera vez sin todavía conocerse—. Regrésame la fotografía de Hércules —añadió en voz baja, sin verlo a los ojos, como si mencionar el tema fuera más penoso para ella que para él.

Álvaro abrió el sobre color manila y extrajo el retrato. Luego, también sin verla, lo colocó sobre la mesa.

—Fue un impulso tonto —dijo—. No pensaba quedármelo.

Pocas veces se había sentido Álvaro como se sintió ahí, en el Siracusa, al lado de Irena por primera vez: estaba desnudo y no podía mentir.

—Lo sé —dijo ella, acariciando el dorso de su mano y obligándolo a verla.

Luego, como los desconocidos que eran, hablaron del clima. No mencionaron al hombre de la fotografía ni a Fuensanta. Álvaro tampoco se atrevió a preguntarle qué la traía a la Ciudad de México y ella no le dio explicaciones. Sin mucho tema de conversación, terminaron contando chistes insulsos. Los dos estaban de buen humor. Cuando Irena terminó su sándwich y Álvaro su tercer whisky, los dos salieron del Siracusa sin nada particular en mente. Caminaron sin rumbo por horas enteras cruzando calles y dando vueltas en esquinas desconocidas. Juntos, tomados de la mano, chocando de frente contra gente apresurada, parecían niños sin destino, un par de adolescentes desempleados. Ya estaba anocheciendo cuando descubrieron un parque lleno de plantas secas y crisantemos marchitos. Se sentaron sobre el pasto y continuaron su conversación sin sentido. El clima. Los dos amaban el frío. Luego, sin ponerse de acuerdo, se incorporaron al unísono, y no dejaron de caminar hasta que encontraron el hotel Sorrento, con las puertas abiertas de par en par. A las 10:35 de la noche hicieron el amor por primera vez.

Pasaron juntos los dos días siguientes. Desayunaban en el Siracusa y caminaban sin dirección fija hasta que el hambre los llevaba de regreso al Siracusa. Luego, jugaban damas chinas en tableros de plástico, compraban pepitas, entablaban conversación con vagabundos y, en la noche, hacían el amor con una calma inaudita. Actuaban como si tuvieran todo el tiempo por delante o como si el tiempo se hubiera detenido para siempre en el puerto de una isla. Álvaro habló por teléfono con Fuensanta y, al no encontrar mentira plausible, únicamente le pidió que no lo esperara. Después le explicaría. Ni Irena ni Álvaro actuaban como amantes furtivos: no se escondían, no buscaban lugares oscuros donde besarse con apasionada prisa, no ocultaban sus nombres. Al contrario, los dos avanzaban por las calles de la ciudad como si fueran invisibles. Si alguien se hubiera detenido a saludar a Álvaro, él habría dicho con la mayor naturalidad:

—Seguramente me está confundiendo. Yo no soy Álvaro Diéguez —y el interlocutor le habría creído.

Si alguien hubiera detenido a Irena por el codo, ella habría disculpado la torpeza ajena.

—Me confunde, señor. Mi nombre no es Irena Corvián.

Los dos, en sentido estricto, decían la verdad.

Cuando llegó el momento de la despedida, se dieron las manos sin premura, sin gestos dramáticos.

—Gracias por todo —dijo Irena.

—El placer fue todo mío —dijo Álvaro.

Después la acompañó hasta el estacionamiento donde la esperaba la camioneta guinda. Viéndola partir, se dio cuenta de que casi nada sabía sobre ella y, con alivio, reconoció que tampoco había ofrecido información innecesaria. Luego, caminó cabizbajo hacia su oficina con una sonrisa medio escondida entre los labios. El aroma de los nardos le confirmó que nada había sido un sueño, pero el recado dentro del sobre color manila lo hizo dudar otra vez. *No te engañes, Álvaro. Yo no existo. Irena.*

Tanto Fuensanta como Álvaro habían olvidado ya su inexplicable desaparición por dos días enteros cuando, por coincidencia, él recordó el tema. Fue en una de esas reuniones de buenos amigos en donde el vino tinto y la confianza llevaban inexorablemente a la discusión de tópicos controvertidos. La desigualdad de los sexos.

—¿Y ustedes qué harían si fueran hombres? —les preguntaban los hombres a las mujeres en tono provocativo, intentando ponerlas entre la espada y la pared.

Una de ellas, la esposa del mejor amigo de Álvaro, dijo sin pudor:

—Yo estaría más atento a las necesidades emocionales de mi esposa —el subtexto hizo sonrojar a más de uno y puso a otros de mal humor.

Las risitas apagadas no se hicieron esperar.

—Pues si yo fuera mujer —dijo el esposo aludido—, yo me pondría ropa sexy para dormir y haría el amor salvajemente todas las noches.

—Pues si yo fuera hombre —terció la susodicha de inmediato—, haría esfuerzos sobrehumanos para aprender a escuchar.

Conforme el tono del intercambio matrimonial subía de tono, los anfitriones se movían con ansias alrededor de la mesa, ofreciendo vino y cigarrillos.

—¿Y si tú fueras mujer, Álvaro? —preguntó Fuensanta, más para acallar a los que estaban a punto de pelear que para enterarse de lo que su marido pensaba.

Álvaro soltó una carcajada nerviosa, estiró la mano hacia su copa de vino y, para sorpresa y reprobación de su mujer, aceptó un cigarrillo. Luego guardó silencio.

—¿Y bien? —interrogó Sergio, el anfitrión, esperando la respuesta.

—Yo me vestiría de azul celeste y sería fácil de olvidar —el silencio a su alrededor fue total, su propio asombro también.

Álvaro acababa de recordar a Irena.

—¿Y en cristiano eso qué quiere decir? —preguntó el esposo interpelado, intentando provocar algo parecido a su propia discusión conyugal.

—No sé —Álvaro se negó a hablar.

Le sonrió. Se llevó el cigarrillo a la boca y, un segundo después, exhaló el humo con singular satisfacción. Había tomado la decisión de ir al Nevado de Toluca una vez más. De repente, tenía ganas de correr en el frío y contar chistes tontos.

—Pues si yo fuera hombre, sería exactamente como soy —informó Fuensanta a la concurrencia, dando por terminada la sesión.

Poco a poco la gente se retiró. La pareja enojada dejó la reunión entre disculpas sinceras y con caras compungidas y, al final, solo quedaron los anfitriones, Álvaro y Fuensanta, quienes ocupaban sillas en extremos contrarios de la sala.

—Parece que tienen problemas —dijo Nélida, la anfitriona, para retomar el hilo de la conversación—. Aunque, ¿quién no los tiene?

—Los seres discretos —respondió Álvaro con un dejo irónico en la voz, mientras observaba de reojo a Fuensanta.

—O los seres de otro mundo —abundó Sergio.

Fue de esa manera que eventualmente llegaron al tema de las sirenas. Hablaron de Ulises y el Mediterráneo y los oídos rellenos de cera; hicieron comentarios sobre las sirenas de pechos erguidos que aparecían en las cartas de la lotería; discutieron sobre la que había descrito Hans Christian Andersen; y luego, por azar, llegaron hasta el valle de Toluca.

—Pero si ahí no hay agua suficiente —comentó Álvaro sinceramente interesado.

—Pero la hubo —dijo Nélida, una antropóloga que, hasta ese momento lo sabían, había pasado los últimos dos años de su vida documentando la historia de la Chanclana, una famosa sirena de tule que tenía, de acuerdo a la tradición oral, la habilidad de destruir hombres.

Gozando de la atención ajena, la antropóloga describió los antiguos lagos de la región como "generosos" e "inexplicablemente bellos". Luego explicó que, aunque databa de tiempos inmemoriales, la leyenda de la sirena había tenido un nuevo auge entre los pescadores cuando, debido a la construcción de una presa, los lagos se habían extinguido.

—Una soterrada crítica a la modernidad, sin duda —sentenció.

Fue de esa manera que salieron del territorio de los seres de otro mundo y llegaron al más apremiante, aunque también más abstracto, tema de la posmodernidad. Álvaro, para entonces, fumaba su tercer cigarrillo de la noche sin poner la más mínima atención en su alrededor. Una ebriedad ligera, bienaventurada, repetía el nombre de Irena en su oído derecho. *Sirena.*

Álvaro no regresó a Toluca sino hasta meses después. Primero, había sido incapaz de encontrar un pretexto lo suficientemente lógico como para explicar su viaje a un valle gélido sin tener que mencionar el nombre de la otra mujer. Luego, esperó en vano a que Fuensanta se fuera de fin de semana a Tepoztlán con sus amigas de la universidad, lo cual no llegó a ocurrir. Finalmente, conforme pasaron los días y las semanas, lo olvidó. Olvidó que había deseado ir montaña arriba, arriba del aire, hasta alcanzar la nieve del tiempo. Sus ocupaciones lo distrajeron; sus rituales diarios lo volvieron a fascinar. Cuando ocurrió, cuando la posibilidad de ir se abrió frente a sus ojos distraídos, él fue el último en creerlo. Era el segundo fin de semana de noviembre cuando Fuensanta le anunció con una sonrisa que sus papás le habían regalado un boleto para ir a Cancún.

—Supongo que el calor te hará bien —dijo.

Y fue en ese momento que Álvaro reconoció la oportunidad: él iría hacia el clima opuesto al que iba su esposa.

Álvaro salió de la Ciudad de México un viernes, a las tres de la tarde. Llevaba un par de botas extra, sus guantes de piel y su abrigo negro dentro de la cajuela del auto. Hasta había tenido la precaución de comprar un botiquín de primeros auxilios. La música de Leonard Cohen lo acompañó al atravesar el Desierto de los Leones y, después, la Marquesa. *I am your man.* El alto verdor de los oyameles. El azul del cielo. La ligereza del aire. Todo eso le recordaba a un ser dentro de sí mismo que respondía al nombre de

Irena. Este era su contexto: una aglomeración de casas y de gente en la punta más alta del país; una juntura de retama donde la humedad se había vuelto piedra y después ausencia; un valle donde todo se volvía comisura, planta, ave. Álvaro recorrió la periferia de la ciudad por una vía rápida, la observó de lejos, desde todos los ángulos posibles, y luego se fue rumbo al hotel Guardiola, donde pidió una habitación, su whisky acostumbrado y una cajetilla de cigarros rubios.

La decisión de salir fue impremeditada. El frío lo jaló hacia fuera y, justo como la primera vez que había estado en la ciudad, lo invitó a pasear bajo la ventisca de invierno. Álvaro volvió a dejar que su cuerpo lo guiara, sabiendo de antemano que de un momento a otro llegaría a la casa antigua donde había visto a Irena enfundada en un absurdo vestido de seda hacía aproximadamente un año. Cuando estuvo frente al portón de hierro negro, sus manos tocaron el timbre y le acomodaron el cabello. Esperó. Esperó sin saber lo que diría, sin imaginarse siquiera lo que buscaba.

—Pero Rolando, qué bueno que regresaste —la mujer había entreabierto el portal con excesiva precaución pero, tan pronto como lo reconoció, abrió la puerta de par en par y lo abrazó. Álvaro, tomado por sorpresa, se dejó hacer.

—Pero qué bueno que viniste, de verdad —repetía la mujer casi con lágrimas en los ojos—, tu hermana te necesita tanto. No te imaginas.

Álvaro, en efecto, no se lo imaginaba. Entre abrazo y abrazo, la mujer lo condujo por un pasillo estrecho hasta que volvió a abrir otra puerta, esta vez más grande y de madera. Adentro estaban las estatuillas doradas, los óleos, las lámparas de tenue luz mortecina, las alfombras persas y el sillón de brocados color guinda donde Álvaro había visto a Irena hacer el amor con un hombre apresurado. Lleno de un súbito pesar, recorrió el recinto con la mirada y le dio por callar.

—Hércules, ¿no es cierto? —alguien dentro de él hizo la pregunta en forma de aseveración.

Y la mujer asintió.

—Cada vez está peor, Rolando, ese hombre la cela de una manera bochornosa —dijo con los ojillos entrecerrados y la boca pálida.

En ese momento, justo antes de que la mujer volviera a hablar, un lento ruido, grave y torvo, invadió la habitación. Era un temblor. Pronto, el ruido se volvió estruendo y, una eternidad después, regresó el silencio. Un silencio tan estruendoso como el ruido mismo.

—¡Antonia! —el grito venía de otra habitación.

La aludida se disculpó y salió corriendo de inmediato. El polvo que dejó el temblor a su paso transformó la atmósfera. Álvaro se incorporó sin la poca velocidad que le pudo quitar al miedo y, tratando de acomodar algunas estatuillas y otros objetos que habían cambiado de lugar, encontró la fotografía que explicaba la confusión. Irena y un hombre idéntico a ella compartían un abrazo frente a una bahía que se antojaba gris y helada. Se trataba, sin duda, de Copenhague. La imagen de los gemelos lo enterneció.

—Cómo te pareces a ella, ¿verdad? —dijo Antonia apenas hubo regresado.

Álvaro volvió el rostro y, con estupor, con gusto, con inigualable incomprensión, comprobó en un espejo que, en efecto, su rostro y el de Irena tenían un lejano aire de familiaridad. No se había dado cuenta antes pero, en ese momento, agradeció el equívoco. Gracias a eso, Antonia no solo lo trataba con suma confianza, sino que también lo enteraba de historias que hubiera sido difícil imaginar.

—¿Está todo bien? —preguntó Álvaro.

—Sí, muchacho, no te preocupes. Mi hija se pone muy nerviosa con los temblores, aun con los más leves, como este —explicó.

Luego le ofreció un café y más palabras.

—Ese hombre es aterrador, Rolando —continuó con su relato—. Cuando está aquí, afortunadamente cada vez con menos frecuencia, no hace otra cosa más que rabiar. ¡No para de criticar a tu hermana y no se separa de ella! Que si no sabe cocinar; que si deja vasos de agua por toda la casa; que si no le festeja sus triunfos o le lame sus heridas en los fracasos; que si no lo mima. Es inenarrable. Yo sinceramente no sé cómo le hace Irena para aguantarlo.

—Debe estar enamorada —se atrevió a aventurar Álvaro—. Todavía —añadió con dubitación.

Antonia lo miró como desde la bruma, con un pesar que le era difícil ocultar.

—Creo que ya no, Rolando. Pero, tienes razón, cómo lo quiso —volvió el rostro hacia las esquinas de la habitación—. Mira que dejar su vida en Copenhague por venirse a encerrar en un cuchitril de este tamaño. Sin familia alguna. Sin nada. ¿Cómo le permitieron hacer algo así a tu hermana?

—Irena ya era mayor de edad cuando todo pasó, Antonia. Recuérdalo.

Alguien dentro de Álvaro enumeraba razones de una manera firme y lógica. Alguien miraba la fotografía de los gemelos con una nostalgia impar, ácida, traicionera. Alguien se dolía.

—Debió haber estado muy sola, supongo. Tal vez solo enloqueció —murmuraba Antonia con la mirada ida, entre sorbos de café—. Eso les pasa a las mujeres que estudian mucho, ¿no es cierto?

Álvaro sonrió. Después asintió para poder guardar silencio, nada más porque sí. Antonia, de cualquier manera, ya no le ponía atención. Se había encerrado en un mundo interno lleno de historias, como ella misma decía, inenarrables. De repente, la imagen de Hércules le heló la sangre y tuvo miedo por Irena y por sí mismo. De repente, el recuerdo de un invierno en Copenhague le regresó la paz. Luego, desconcertado, se dio cuenta de que nunca había estado en Dinamarca. Tuvo deseos de fumar.

—Supongo que es por lo de su hija, ¿no crees? Si él no se la estuviera escondiendo, seguramente ella ya se habría ido, ¿verdad, Rolando?

Aunque la información lo sobresaltó, trató de guardar la compostura. Asintió en silencio, como si aceptara la validez de las opiniones de Antonia y, luego, nervioso, pidió permiso de fumar. Con una mímica endeble y pesarosa, Antonia le pidió un cigarrillo a su vez.

—Va a cumplir cuatro años este diciembre —mencionó la mujer antes de encender su cigarrillo—. Dice que la tiene en el extranjero.

—Sí —masculló Álvaro.

El humo de su cigarro se elevaba por el aire con el tenue andar de la pesadumbre. Álvaro tenía unas ganas inmensas de incorporarse y partir, pero la desazón no lo dejaba usar sus energías. Ya eran más de las dos de la mañana cuando finalmente se decidió a cruzar la puerta de madera para regresar a su hotel.

—Cuídate, Rolando. Uno nunca sabe lo que ese hombre es capaz de hacer —le dio un beso en cada mejilla y, sin decir más, cerró la puerta antes de que Álvaro tuviera tiempo de darle las gracias.

Cuando llegó a su cuarto se echó a dormir a pierna suelta. Estaba cansado y harto a la vez. Los amoríos ilícitos de un hombre normal seguramente eran más vulgares, pero también menos confusos. Si solo se trataba de ilusionarse: tirársela en la cama más cercana y echarse a perder. No había mayor secreto. Pasaba, además, todo el tiempo. Un hombre se cogía a una mujer mientras esta hacía el amor con él. Ahí estaba todo el chiste. Todo el detalle. Hastiado,

Álvaro se cubrió la cabeza con la almohada y dejó de pensar. Antes de cerrar totalmente su conciencia, sin embargo, volvió a recordar el equívoco de Antonia y sonrió sin ganas. El gemelo de Irena. Su hermano. Un hombre con el que compartió una tarde de invierno frente al cielo gris de un muelle en Dinamarca. El hombre al que le tenía confianza.

Un sueño que no podía recordar le mordió la nuca al levantarse, al tomar su consabido baño y al desayunar. Estaba inquieto; aun dentro de la habitación del hotel volvía el rostro de izquierda a derecha, como si alguien lo observara desde lejos. Oía pasos que desaparecían sin aviso y voces que se alargaban sin recato. Al cerrar la puerta de su cuarto, revisó los bolsillos de su pantalón y su chamarra con la sensación de que había olvidado algo. No encontró nada. Se disponía a bajar los tres tramos de escalera cuando vio a dos hombres arrastrando una bolsa gigantesca de color negro.

—¿De quién es el cuerpo? —preguntó en tono de guasa, con un súbito buen humor.

—Nadie sabe.

La respuesta le quitó el habla y lo puso a temblar por dentro. Nunca antes había estado tan cerca de la muerte. Todavía sin reaccionar, se hizo a un lado para dejar pasar a los hombres y su bulto enorme. Al contrario de lo esperado, Álvaro llegó al restaurante con un buen apetito. Quería llenarse la boca de fruta, de alimentos calientes y picosos, de colores festivos. Cuando llegó el servicio, olfateó el café y la comida varias veces antes de ingerirlos.

Para su trayecto hacia el volcán escogió música de Sibelius. Manejó con cuidado, tanteando su propio ánimo: a veces sentía que se le hacía tarde para llegar; otras, tenía ganas de perderse a propósito. El dilema solo se resolvió al observar las blanquísimas nubes altas en el cielo: iría montaña arriba, camino arriba, arriba del aire. Tenía que ver a Irena. Tenía que comprobar si era real, si en algún lugar del mundo existía el bosque, y dentro del bosque la cabaña, y dentro de la cabaña la mujer vestida de azul cielo que llevaba dentro de sí algo que solo le pertenecía a él. Sirena. Cuando abandonó la carretera para tomar el camino terrizo que lo llevaría hasta la cabaña de su mujer, Álvaro iba sonriendo. La sonrisa lo acompañó mientras caminaba bajo los oyameles y le sacaba la vuelta a un grupo de borregos. Luego, cuando abrió la puerta de la cabaña, la sonrisa salió volando, despavorida.

—Pero, Irena, ¿qué te pasó?

La mujer se encontraba acuclillada en una esquina de la casa. Escondía el rostro tras las rodillas y, entre los cabellos enredados, se asomaban los brazos nerviosos, de movimientos torpes y sincopados. Sus gemidos llenaban la atmósfera de un material corrupto, algo sin sentido. Álvaro se aproximó a ella y, al hacerlo, Irena intentó empequeñecerse aún más.

—No —repetía.

Parecía que había perdido la razón.

—Soy yo, Irena. Soy yo.

La mujer finalmente se volvió a verlo. Su rostro estaba cruzado por raspones color escarlata y moretones. Los labios, abiertos en caminos de sangre fresca, pronunciaron su nombre mientras que sus ojos hinchados trataban de identificarlo.

—Rolando —dijo, y lo abrazó.

Luego, se desmayó o perdió el conocimiento. De cualquier manera, cerró los ojos y descansó. El balido insistente de un borrego le recordó que estaba fuera de la civilización.

Con ayuda de su botiquín de primeros auxilios, Álvaro pudo curar algunas de las heridas; pero como Irena no reaccionaba, decidió llevarla al hospital más cercano. La envolvió en una manta y caminó el trecho que lo separaba de su auto. Resollando pero con la energía intacta, sin duda a causa de la adrenalina, Álvaro pudo ver a lo lejos el rostro marchito de Ezequiel, el hombrecillo que, un año atrás, los había ayudado a salir del aquel inhóspito lugar. Tendida en el asiento trasero, Irena parecía un bulto de huesos, una flor deshojada, una línea rota.

—Pero es una mujer —se dijo Álvaro—, recuerda que es una mujer.

Manejó como lo había hecho Irena antes, a una velocidad demencial. La urgencia lo guiaba desde lejos. Cuando llegó al hospital, un médico distraído pidió radiografías y, luego de auscultarla, lo miró con suspicacia.

—¿Su esposo? —le preguntó.

—No, doctor. Soy su hermano —dijo Álvaro—. Su esposo se llama Hércules.

—Ya veo —dijo el médico.

Un par de horas después, Álvaro se enteró de que Irena tenía tres costillas rotas y sufría de los efectos secundarios de un ataque de nervios. Cuando el médico sugirió hacer una denuncia ante las autoridades, Álvaro lo dudó. Nunca había estado en una situación similar. No sabía a ciencia cierta de qué tamaño era el enemigo; no tenía la menor idea de las preferencias de Irena; no sabía si debía confiar en la policía. La idea de avisarle a Antonia pasó por su cabeza, pero la cercanía de Hércules lo hizo temer una vez más. Después de pensarlo por un rato, optó por llevarse a Irena a la Ciudad de México. No podría hospedarla en su departamento del treceavo piso, pero pensó en una habitación de ventanas grandes en el Sorrento. Así, lejos del volcán y de Hércules, ella sanaría y él, su hermano y amante y hombre de confianza, podría verla a su antojo durante el tiempo que tomara la convalecencia. Esa noche, mientras dormía en la cama contigua a Irena, el olor a desinfectante del hospital le trajo otro sueño. Justo como el que lo había despertado en el hotel Guardiola, este sueño se negaba a tener nombre. No lo pudo recordar.

No fue sino hasta el domingo que regresaron a la Ciudad de México. Irena iba despierta pero tercamente silenciosa. Se dejaba guiar como una inválida o una niña pequeña. A ratos daba la impresión de que, en realidad, nada le interesaba mucho, especialmente su vida.

—¿A dónde me llevas? —preguntó cuando cruzaban la Marquesa.

—Al Sorrento —contestó Álvaro viéndola de reojo, tratando de imbuirle algo de buen humor.

Irena hizo una mueca que no llegó a sonrisa y, después, se durmió. Sin ponerse de acuerdo, los dos dieron los nombres de sus hermanos al pedir una habitación doble en el hotel. Rolando Corvián y Sonia Diéguez. A través de los ventanales, la ciudad era una aglomeración de luciérnagas.

Aprovechando la ausencia de Fuensanta, Álvaro se quedó a dormir en la habitación de Irena esa noche. La observaba a ratos, la despertaba para darle medicamentos y luego la arropaba una vez más. No sabía a ciencia cierta qué lo mantenía cerca de ella, recordándola y olvidándola con la misma facilidad, pero supuso que era algo poderoso.

—Tal vez eres mi destino, Irena —le susurró desde lejos, tratando de que nadie lo oyera pronunciar una frase tan cursi.

Luego, con nuevos bríos, la sustituyó por algo que imaginó como más exacto:

—Tal vez eres mi azar.

Esta vez se quedó dormido.

La primera semana que Irena pasó en el Sorrento estuvo marcada por el desconcierto y la confusión. Álvaro llegaba tarde a todos lados y en todos lados se le veía distraído, de mal humor. Fuensanta le preguntaba constantemente: "¿En qué piensas, Álvaro?", lo cual contribuía a su callado resentimiento.

—Déjame en paz, Fuen. No pasa nada —atinaba a decir con la boca llena de mentiras.

Luego, salía corriendo hacia el hotel como si de eso dependiera su vida. Irena siempre parecía sorprendida al verlo. Era obvio que no lo esperaba. Por sus sobresaltos y su nerviosismo, por la manera en que se mordía las uñas, se sabía que esperaba a alguien más. Hércules. El hombre cruel.

Le preguntó por él una tarde de jueves, justo antes del crepúsculo. Irena se sentó sobre la cama y se tronó los nudillos.

—¿De verdad quieres saber? —inquirió antes de decidirse a hablar.

El comentario encerraba una amenaza de cuya fascinación no pudo escapar. Álvaro le respondió de inmediato que sí, sí quería saber.

—Hércules era tan distinto, Álvaro —empezó a contar Irena con la vista puesta en algún lugar frío y lejano—. Cuando tocó la puerta de mi casa por primera vez traía ojos de borrego y actitud de pedir. No conocía a nadie más que hablara español en Copenhague y, al enterarse de mi presencia en el edificio, no dudó en presentarse de inmediato. Unos dos o tres meses después, todo cambió. Tenía la ferocidad de los animales heridos y, por más que lo intenté, no pude sacarlo de mi casa. Ni de mi vida.

Irena guardó silencio. Se volvió a verlo y luego, observando los colores encendidos del atardecer, continuó:

—Estaba embarazada.

El silencio que le siguió fue largo, delgado como una aguja.

—Y enamorada, supongo —mencionó Álvaro, conminándola a continuar.

—No, enamorada no. Siempre he sido una mujer de amores frágiles, Álvaro —dijo con una sonrisa a medio esbozar en la boca.

Era la primera vez que le veía algo así desde que llegó a la Ciudad de México.

—Él tampoco me quería ya, pero Hércules es cruel. Su desamor se convirtió en odio y su odio en esto —se señaló los moretones de la cara—. ¿Me crees? —se interrumpió.

—¿Por qué no habría de creerte? —le preguntó Álvaro a su vez, extrañado.

—Hércules es como uno de esos personajes de novelas de horror —continuó sin contestar a su pregunta—. Parece una adoración en público, pero a solas no puede hacer nada contra su propia hiel. La produce en cantidades enormes. Se la bebe a tragos pero con frecuencia se atraganta y, luego, la escupe y mancha todo a su alrededor. No sé —dijo cambiando de tono, llenándose la boca de conmiseración—. Tal vez no tuvo una infancia feliz.

Álvaro le besó la nuca y se recostó a su lado. Una nube de melancolía llovía aguas azules dentro de la habitación.

—O tal vez todo se debe a su adicción —añadió como al descuido—. Las drogas lo ponen así, ya sabes, muy dentro de sí mismo. Donde se encuentra lo peor.

Álvaro, por primera vez, sintió que su vida estaba fuera de control. No podía soportar las confesiones de Irena, aunque él mismo las había inducido con preguntas indiscretas y comentarios oportunos. Había esperado algo diferente. Una historia de amor con pasiones aferradas y obsesiones inexplicables. Una mujer dispuesta a darlo todo por un hombre o, tal vez, lo contrario. Pero nada era así. La historia de Irena se trataba de "amores frágiles". Su decepción fue mayúscula. Entre más sabía, más incómodo se sentía, más fuera de lugar. ¿Y si Hércules lo buscaba para darle una golpiza y llevarse a su mujer de regreso al bosque encantado? ¿Valdría la pena? Ni siquiera estaba tan seguro ya de su interés en Irena. La rodeaban la confusión, la abyección, el deterioro. Irena era una mujer equívoca.

—Tú, en cambio, eres el hombre que siempre soñé —murmuró Irena, como si pudiera leerle el pensamiento.

Álvaro la vio como a través de un día con mucho sol. Arrugó los ojos y, con incredulidad, repitió la frase. *Soy el hombre que siempre soñó*. La vaguedad gramatical de la oración le provocó un vacío en el estómago. Por un momento no supo si él era el sueño de una mujer o el hombre que soñaba a una mujer que soñaba a un hombre soñando con una mujer. Un vértigo lingüístico lo obligó a cerrar los ojos. Cuando los abrió, estaba en su recámara, bajo las mantas, su brazo derecho apenas rozando el hombro de Fuensanta. En su entorno brillaban ya los reflejos matutinos del sol.

Esa mañana recibió la llamada de Hércules Corvián. Tal como lo había hecho su esposa, le dio cita en el Siracusa, a las 4:15 de la tarde. No había en su voz el menor asomo de dubitación: estaba seguro de que el ingeniero Diéguez, como lo había llamado, asistiría a la reunión.

—Antonia tiene razón, te pareces mucho a Rolando —dijo Hércules a manera de presentación.

Luego se quitó el sombrero de otra época, lo guio hasta una de las mesas del fondo y, sin preguntarle, pidió dos whiskis.

—Tal vez lo sea.

Alguien dentro de él jugaba con el lenguaje, apurado por el miedo y la desolación. Alguien dentro de él observaba a Hércules con una aprehensión casi femenina y un rencor a toda prueba. No se dejaría vencer. No dejaría que Hércules los venciera. Ese hombre de rostro ajado y manos huesudas nada podría contra él, contra ella, contra la razón.

—Te lo voy a contar porque estoy seguro de que ella ya te llenó la cabeza de patrañas —dijo a manera de introducción.

Un minuto después, casi sin transición, Álvaro se descubrió oyendo con toda atención la historia de Irena a través de una boca de labios delgadísimos y dientes percudidos.

—Irena vive obsesionada con la idea de ser la víctima del mundo entero. Ahora sucede que yo soy su verdugo, ¿no es cierto? No dejes que te haga tonto, ingeniero Diéguez. De los golpes pregúntale a Ezequiel; y acerca de Copenhague, recuérdale las muchas humillaciones por las que me hizo pasar. Ella me negaba en todos lados, ¿cómo iba a rebajarse con un tipo como yo una doctora en plantas enfermas?

El odio que salía de su boca no tenía límite. Mientras hablaba sin admitir interrupción alguna, su cuerpecillo parecía partirse en dos a causa de una fragilidad llena de aristas; pero luego, conforme las palabras continuaban agujerando la atmósfera con flechas puntiagudas, la dureza de sus gestos le daban la apariencia de un hombre común, un hombre vulgar.

—Y seguramente no te contó de las veces en que ella me golpeó —continuaba Hércules, apagando un cigarrillo en un cenicero redondo, con movimientos bruscos y sin poner atención al desconcierto y disgusto de Álvaro.

—Por Dios, Hércules, no seas ridículo. Todo mundo sabe que cuando los hombres sacan a las mujeres de quicio a estas les da por golpear y nunca saben cómo hacerlo —dijo Álvaro con hastío en la voz, sin dar crédito en realidad a lo que estaba oyendo.

Se sintió como en aquella fiesta donde recordó a Irena, la fiesta en que una pareja se lanzaba indirectas hasta que la vergüenza los hizo partir. ¿Qué es lo que buscaba Hércules al darle su propia versión de los hechos? ¿Limpiar su nombre? ¿Hacerse pasar por un hombre bueno? No podría hacerlo, pensó Álvaro. Y no porque su versión no fuera tan válida como la de Irena, sino porque el odio que despedía al hablar, el que se le colaba entre cada una de sus frases, ponía en cuestión todas sus palabras. Hércules estaba en una encrucijada: el motor que lo conminaba a luchar era el mismo que lo destinaba a perder. Sin el odio podría ganar aliados, pero sin el odio no tenía caso alguno atormentar a su esposa, la madre de su hija, su mujer. Cuando se disponía a partir, Álvaro solo pudo verlo con compasión y con asco. Apenas si masculló un par de vocablos a manera de despedida y salió corriendo, rumbo al Sorrento. Necesitaba ver a Irena. Necesitaba decirle que estaba de acuerdo, que Hércules era en realidad un hombre cruel, que corría peligro. Debía salirse de su cabaña, de su bosque encantado, del frío del Nevado. Tenía que irse a como diera lugar, regresar a ese instituto de Arizona tal vez; tenía que salvar su vida. Tenía que cuidarse, tomar sus medicamentos, conservarse bien para sus paseos juntos, para la tonta inocencia que compartían a dúo. Álvaro tenía la boca llena de palabras para Irena pero, cuando llegó a la habitación del Sorrento, ella ya había partido. *No te engañes, Álvaro. Yo no existo.*

Tres días después, mientras Álvaro todavía se torturaba intentando elegir entre buscar a Irena u olvidarla para siempre, Fuensanta le informó que estaba embarazada. En ese momento su dilema se resolvió, iniciando una nueva vida en el acto. Una vida marcada por la calidez de otra vida. Una vida sin frío. Una vida sin Irena.

Álvaro fue feliz. Cuando se observaba con discreción en los aparadores o en los espejos de su casa, un orgullo real, aunque precavido, le cruzaba el rostro. Estaba satisfecho. Tenía un empleo que, además de disfrutar, le daba para vivir más que decorosamente. Tenía una mujer a la que lo unía un afecto estable y duradero. Tenía a Mariano, un hijo de casi dos años en cuyos ojos encontraba cantidades inagotables de paz y esperanza. Tenía amigos, libros en los que podía nadar a solas, cines favoritos. Tenía una rutina que lo orientaba en el caos de los días. Tenía un futuro, cientos de ellos.

A los treinta y tres años, Álvaro había conseguido todo lo que soñó a los catorce y tal vez más. A la edad de Cristo, no encontraba razón alguna para quejarse de la vida y sí tenía, en cambio, mucho que agradecerle. Álvaro lo sabía. Le bastaba observar la cercanía de Fuensanta y Mariano para constatar que era un hombre completo.

Durante la segunda fiesta de cumpleaños de Mariano, sin embargo, una sensación extraña transformó la tranquilidad de su nueva vida. Era una sensación antigua, borrosa, malherida. Venía desangrándose a través del tiempo hasta llegar a sus pies, débil y pálida, moribunda, pero todavía con vida. La sensación que lo hizo detenerse en seco y vacilar llegó entre las páginas de un libro. Se trataba de *Sirenas de tierras altas*, el más reciente título de Nélida Cruz, la antropóloga en cuya casa había presenciado la vergonzante pelea de un matrimonio mal avenido.

—Gracias, Nélida —dijo Álvaro al recibirlo.

El libro era un objeto precioso. El cuidado de la edición no solo se notaba en la calidad del papel y el tipo de letra, sino también, y tal vez principalmente, en la portada: el óleo de un pintor local en el que seres de una ambivalencia terrenal miraban al lector con los ojos llenos de una tristeza casi divina. Álvaro observó la pintura por un par de minutos, con una curiosidad que casi parecía ajena. Luego, al reconocerla, colocó el libro sobre la mesa más cercana sin decir palabra alguna. Estaba seguro de que uno de los rostros era el de Irena. Tenía, para entonces, casi tres años de no acordarse de ella.

—¿En qué piensas, Álvaro? —le preguntó Fuensanta cuando ya Mariano dormía en su cuarto y los platos con restos de pastel, los globos desinflados, llenaban el departamento de melancolía.

—En nada, Fuen —contestó Álvaro con una mansedumbre inédita en la voz.

Luego, sin decir nada, la atrajo hacia sí por la cintura y, observando de reojo el libro de Nélida, permaneció inmóvil alrededor de ella por un largo rato. Tan pronto como Fuensanta se fue a dormir, Álvaro se hizo del libro y dio inicio a la lectura en uno de los sillones de la sala. Se saltó el primer capítulo, donde Nélida hacía gala de sus conocimientos teóricos, citando a Geertz, Bajtín y Taussig con una prolijidad rayana en lo chocante. Tampoco leyó un capítulo donde la antropóloga describía su método de recolección de datos con todo detalle. Apenas si se detuvo en una larga sección histórica donde sirenas de todo el mundo y todas las épocas aparecían y desaparecían a placer. Álvaro solo tuvo ojos para un pequeño capítulo, casi al final del libro, en el que la autora se esforzaba por describir, sin aparente éxito, la historia de una sirena diminuta que rondaba las lagunas del sol y de la luna en el cráter del Nevado de Toluca, el volcán muerto. Mientras leía a toda prisa, un escalofrío le recorrió la columna vertebral. Se detuvo. Volvió a leer.

Como hemos visto, las historias de sirenas que se producen en las tierras altas siguen un patrón más o menos regular. Hay entre todas ellas, sin embargo, una que se distingue tanto por las características físicas atribuidas a la sirena en cuestión, así como a las facultades de las que esta hace gala. Esta leyenda se genera en rancherías cercanas a Raíces, especialmente las más próximas al cráter del volcán. Se trata de una sirena de piel azul celeste y proporciones físicas muy reducidas, las cuales varían de acuerdo con el informante. Así, la sirena del volcán es, a veces, tan pequeña como una mano y, otras, tan grande como un venado de la región; en ninguno de ambos casos alcanza dimensiones humanas. Al contrario de la tradicional Chanclana, cuya principal facultad es atraer y destruir hombres, la sirena azul celeste es asustadiza y se oculta de ellos asumiendo disfraces humanos. Cuando estos la encuentran, entonces el desenlace es siempre fatal, aunque no inmediato. Se dice que, al verla, los hombres encuentran algo dentro de sí mismos —pueden ser ciertos gustos, vocaciones, pensamientos— cuya fascinación los conduce, eventualmente, a la locura. Su labor maligna a veces tarda meses y, más frecuentemente, años enteros en tener efectos; pero estos llegan, ineludiblemente.

Álvaro cerró el libro y, meneando la cabeza, se dirigió a la recámara donde lo esperaba el cuerpo tibio y relajado de Fuensanta. Se desnudó, se puso la pijama, se cepilló los dientes y, finalmente, se metió bajo las mantas. Cuando cerró los ojos, la visión de una planicie gris lo mantuvo despierto. Era el mar del norte, inmóvil y escueto. A las tres de la mañana decidió levantarse. Fue a la cocina a preparar algo de té y, observando hacia las copas de los árboles desde el balcón del treceavo piso, pronunció el nombre de Irena por primera vez en mucho tiempo. Le preocupó su suerte. Se preguntó por las tres costillas que Hércules, con toda seguridad, le había roto. Luego, se maldijo a sí mismo con creciente culpa. Pensó que había actuado como un cretino, abandonándola en el momento en que más lo necesitaba, pero luego se acordó de que había sido ella la que había desaparecido sin dejar rastro. Como siempre, nada relacionado con Irena tenía sentido. Las sensaciones que provocaba eran confusas y contradictorias. Además, él había tenido buenas razones para el olvido: la vida de un hijo. Cuando Álvaro finalmente regresó a su lecho, un sueño vacilante y molesto lo invadió. Al despertarse, le dolían los huesos.

Dos días más tarde llegó el pretexto perfecto para emprender el regreso a Toluca: la editorial que había publicado el libro de Nélida Cruz organizaba una presentación en la Casa de la Cultura de la ciudad y la autora los invitaba a asistir. Fuensanta aceptó ir de inmediato y Álvaro, sin ánimo visible en el rostro, hizo lo mismo. Los recuerdos, de pronto, lo atosigaron. Trató de espantarlos varias veces con la sonrisa de su hijo, pero todo fue inútil. Primero llegó la sensación de frío y, después, la luz delgada de las tierras altas. Más tarde vio con claridad las nubes, los oyameles, el camino de tierra, la cabaña, el borrego de balidos atroces. Luego apareció en toda su crudeza el rostro de Hércules, enmarcado por las paredes del Siracusa. Trató de detener la memoria, pero para entonces ya nada podía hacer. Se encontraba en otro lugar y nada tenía remedio. Álvaro sabía que tenía un secreto que llevaba el nombre de una mujer y también sabía que le disgustaba el hecho de tenerlo. El disgusto, además, iba acompañado de miedo. ¿Y si la encontraba otra vez? ¿Y si doña Antonia lo reconocía en la calle y lo llamaba Rolando? ¿Y si la descubría en los brazos de Hércules? ¿Y si no la encontraba? Entonces, Álvaro tuvo que sonreír a la fuerza y reconocer que carecía de respuestas para cualquier pregunta que se relacionara con Irena.

Emprendieron el viaje a una hora temprana, antes de que el tráfico enloqueciera la ciudad pero después de la salida del sol. Fuensanta iba de buen humor, tarareaba canciones de moda en la radio y observaba el rostro de Mariano de cuando en cuando. Justo como Álvaro, se consideraba una mujer completa, una mujer feliz. Cuando se aproximaban a la ciudad más alta, ya sobre el paseo bordeado de sauces, el gesto de la mujer se transformó.

—Vinimos a esta ciudad hace algunos años, ¿te acuerdas, Álvaro? —lo dijo viéndolo de reojo, como si acabara de acordarse.

—Sí, hace algunos años, Fuen —masculló Álvaro, todavía sin creer que Fuensanta hubiera podido olvidar el viaje que habían hecho solo para que él disfrutara algunas horas de frío.

Luego guardaron silencio y dentro de ese silencio cruzaron la ciudad y la dejaron atrás. Sin consultarla, Álvaro había decidido ir montaña arriba, arriba del aire, hacia las faldas del volcán. Atravesaron rancherías desahuciadas, campos de maíz, lomas ariscas. Observaron las nubes grises, las nubes inalcanzables. Contaron los oyameles y los encinos. Álvaro abandonó la carretera, tomó el camino de tierra y pronto se encontraron rodeados de distintos tonos de verde: estaban en el bosque encantado. Con Mariano en los brazos, Álvaro caminó loma arriba y loma abajo con una prisa inusitada, una prisa que aceleraba su respiración hasta hacerla casi imposible. Aun así, no se detuvo hasta que vislumbró la cabaña donde, hacía ya algunos años, habían pernoctado cerca de la presencia de Irena. La decepción en su rostro fue inmediata y obvia. La cabaña que recordaba como pintoresca y amable, era ahora una acumulación de maderos descoloridos y mal acomodados. Rodeada de otras casuchas del mismo corte, la cabaña de Irena daba pena.

—¡Álvaro!

El grito de Fuensanta le pasó desapercibido. Álvaro continuaba aproximándose al lugar sin escuchar, sin ver, sin sentir otra cosa más que una dura expectación. Cuando llegó a la puerta, unos niños la abrieron por dentro y, sin tomarlo en cuenta, corrieron a su alrededor como si se tratara de un juego por todos conocido. Eran niños morenos, con las mejillas enrojecidas por el frío y la falta de humedad; niños de risa fácil y muecas desconocidas; niños de huaraches que vestían gruesos suéteres de lana virgen o ponchos demasiado grandes. Confundidas con los balidos de los borregos, sus voces infantiles creaban desorden, un ruido que atosigaba los sentidos. Álvaro continuó su camino. Cruzó el umbral de la puerta y, aunque la oscuridad se lo impidió al inicio, trató de ver lo que había visto antes: el interior iluminado de una nuez. En su lugar, sin embargo, se encontró con los rostros llenos de arrugas de dos hombres y una mujer que intercambiaban murmullos apagados mientras bebían algún brebaje caliente en pocillos de barro. No había libros, no había chimenea, no había tapetes coloridos sobre las paredes, no había velas.

—¿Qué se le ofrece? —preguntó con cierta hostilidad uno de los hombres sin levantarse de su silla.

Álvaro estaba a punto de responder cuando la mujer se le aproximó, tomó su rostro entre sus manos rugosas y empezó a llorar con algo parecido a la tristeza.

—Pero si eres tú, Rolando, qué tarde llegas, pero qué tarde llegas esta vez muchacho.

Era la vieja Antonia, con la misma voz de sorpresa pero con el rostro casi irreconocible. Parecía haber envejecido unos cien años.

—No me mires así, que a todo mundo nos llega. No te asustes.

Álvaro estaba asustado ciertamente. De repente tomó conciencia de que traía a su hijo entre los brazos y no tenía la menor idea de dónde se encontraba Fuensanta. Estaba, además, rodeado de niños desarrapados, viejos monosilábicos y borregos sucios, frente a una casucha que podría, tal vez, protegerlos de algo pero definitivamente no del frío; una casucha que, además, no se abría para darle la bienvenida sino que, al contrario, se cerraba, rechazándolo.

—Irena —atinó a tartamudear—, Irena.

El nombre, de repente, le pareció insoportable; su presencia ahí, ridícula. Antonia lo miró con calma, lo tomó del brazo y lo conminó a sentarse a la mesa. Sus movimientos eran de una lentitud que se antojaba eterna. Ya acostumbrado a la falta de luz, Álvaro reconoció el rostro de Hércules en una fotografía de proporciones generosas que cubría una de las ventanas del lugar. Era la cara de un hombre sonriente bajo la cual se inscribía una leyenda en letras rojas y verdes: *Mi alianza es con los Mexiquenses*. Parecía ser parte de alguna campaña política. Parecía venir de otra época.

—Llegas tarde, muchacho —repitió la vieja al momento de servirle café caliente en otro pocillo de barro—. Te advertí que tu hermana necesitaba de ti, te lo dije muchas veces, Rolando.

La recriminación llenaba su voz, la hacía temblar con algo parecido a la pasión y al pesar juntos. Molesto por la acusación, Álvaro estuvo a punto de confesarle que él no era Rolando, pero en ese momento Mariano se salió de sus brazos y corrió rumbo al grupo de niños que todavía jugaban alrededor de la cabaña. La preocupación lo obligó a ponerse de pie, pero uno de los hombres lo sujetó por uno de sus brazos con la fuerza de un muchacho de veinte años.

—No le va a pasar nada, déjalo jugar con sus amigos —dijo el hombre en tono de mando.

Luego, se apostó bajo la puerta en posición amenazadora. Poco a poco, a medida que Álvaro iba identificando la voz de Mariano entre las otras voces infantiles, se calmó.

—¿A qué viniste?

La pregunta que le hacía el segundo hombre iba llena de la misma hosquedad y la misma recriminación que había escuchado antes.

—No sé —dijo Álvaro después de pensarlo un rato—, de verdad que no lo sé.

Entonces se derrumbó. La sinceridad de su respuesta le ganó la simpatía de los tres viejos que ocupaban la mesa de Irena. Sus ojos, antes ariscos, se posaron con compasión sobre su espalda.

—Perder a una hermana es lo peor que le puede pasar a alguien —murmuró Antonia en una voz apenas audible—. Sobre todo cuando eran los únicos hijos y, además, gemelos.

Mientras todos asentían en silencio, Álvaro se llenaba de pesar y terror. Pesar por la hermana que había perdido sin siquiera saberlo y terror porque la confusión de identidades estaba llegando tan lejos que lo confundía a él mismo.

—Yo no soy Rolando —aseguró de repente, pensando en Sonia, su verdadera hermana.

—Ay, mijo —contestó la mujer colocando sus manos entre las suyas—, siempre pasa lo mismo. Cuando el dolor es mucho uno siempre desea no ser lo que es.

El tono de entendimiento que le imprimió a su voz tenía la marca de su edad, de sus canas, de sus largas arrugas estriadas. Álvaro respingó de su asiento.

—No, Antonia, yo realmente no soy Rolando —repitió con más angustia que firmeza en la voz.

—Y yo no soy Antonia —murmuró la mujer en tono de burla, tratando de mostrarle el tamaño de su desatino.

Convencido de que la conversación era inútil, Álvaro continuó de pie y miró a través de las ventanas. A lo lejos, el bosque encantado seguía inmóvil, imperecedero, coronado de largas nubes grises. Más cerca, el grupo de niños corría como si la forma natural del mundo fuera redonda. Reconoció el rostro de Mariano entre todos ellos y, luego, de su mano, descubrió a una pequeña cuyo rostro olvidaba y recordaba con una facilidad pasmosa.

—¿Quién es ella? —le preguntó a los viejos mientras les señalaba a una niña espigada, de cabellos castaños, que cuidaba, todo parecía indicar, de su hijo.

—A la niña Mariana siempre le han gustado los niños, ¿verdad? —se dijeron entre ellos, como si nadie en realidad les hubiera preguntado nada.

Álvaro salió de la cabaña y se dirigió a su hijo con ánimos de rescatarlo de un peligro informe pero inminente.

—Tío Rolando —le gritó la muchachita al tiempo que le tendía los brazos.

Álvaro no pudo evitar abrir los suyos para recibirla en ellos. Luego, ya sin saber cómo actuar o qué hacer, se rindió ante los equívocos.

—Ven —dijo Mariana tomándolo de la mano izquierda.

Él la siguió con su hijo en brazos. La niña, que vestía overoles de pana color café y botas de acampar, los guiaba con paso seguro entre los oyameles, por veredas solitarias llenas de piedras puntiagudas. Iban montaña arriba, arriba del aire, hasta dejar el bosque atrás. Cuando lo hicieron, se introdujeron en el cuerpo informe de una nube baja. Luego, para su total sorpresa, se encontraron frente a las lagunas que el agua había formado en el cráter del volcán. El paisaje en su entorno era desértico, tierra inútil. Álvaro estaba cansado pero la belleza intemporal del lugar le devolvió la respiración. Mariano, dormido entre sus brazos, no pudo observar la tensa quietud de las aguas, la delicadeza del aire, la exigua calidez de la luz solar colándose entre la aglomeración de nubes grises.

—Por ahí se fue mi mamá —le anunció Mariana mirando hacia las lagunas.

No había tristeza en su mirada. En sus ojos, dentro de sus pupilas claras, solo se esparcía ese verdor que todos asocian a la esperanza. Guardó silencio por un rato, mientras arrojaba piedrecillas blancas hacia la laguna del sol y, luego, como si el recorrido no hubiera exigido esfuerzo alguno, se volvió a verlo para indicarle que tenían que ir de regreso. Álvaro, esta vez, no la obedeció. Se quitó la chamarra para cubrir el cuerpo de su hijo y se sentó exactamente en el lugar donde estaba.

—No puedo más —le dijo a la niña con total honestidad.

—Eso es lo que siempre decía mi mamá —le contestó Mariana quien, sin contemplación alguna, le dio la espalda y emprendió el camino de regreso.

Observando la lejanía que crecía entre los dos, Álvaro comprendió de repente todo lo que había sucedido y, de la misma forma, supo lo que tenía que hacer. La llamó. Gritó su nombre y le pidió que lo esperara. Luego, le dio la mano y la guio camino abajo con una firmeza y una sabiduría que apenas estrenaba. Lentamente, deteniéndose aquí y allá para pronunciar el nombre de algunas plantas, Álvaro caminó con sus dos hijos hasta llegar a la cabaña. Allí, rodeada por los viejos, los borregos y los niños, Fuensanta los esperaba con la cara llena de aflicción y los músculos tensos. Cuando los avistó a la distancia, el gusto de verlos llegar sanos y salvos pudo más que el enojo. Corrió a abrazarlos.

—Vámonos de este lugar, Álvaro —le susurró al oído—. Todo esto está maldito —añadió mientras observaba a su alrededor, abarcándolo todo dentro de una mirada acuosa y larga.

Álvaro la obedeció. Tomó a su hijo entre los brazos y, con premura, con la rapidez de alguien que trata de escapar de la muerte, inició el regreso hacia el auto. No se despidió, no volvió la vista atrás y, mientras avanzaba a toda prisa, no escuchó otra cosa más que su respiración agitada. Cuando divisó el coche a lo lejos, pensó que se trataba de su salvación particular. Entonces, con la misma velocidad nerviosa, abrió las puertas y esperó el pronto arribo de Fuensanta. El movimiento sincopado de los cuerpos lo sacó de quicio: no sabía qué ver, a qué exactamente ponerle atención. Una rodilla. Un antebrazo. El tacón de un zapato. Un ojo. Dos. Tenían que partir de inmediato. Tan pronto como oyó el chasquido de la puerta, encendió la máquina y oprimió el acelerador. No fue sino hasta un par de kilómetros después que, viendo de reojo en el espejo retrovisor, se dio cuenta de que Mariana venía con ellos en el asiento trasero.

—¿Y tú qué haces aquí? —preguntó Fuensanta con estupor.

—Mi mamá me dijo que un día tú vendrías por mí —contestó Mariana con una voz tersa y natural, mirando a Álvaro por el espejo retrovisor—. Dijo que tú eras el hombre que siempre soñó —añadió al final, viendo el paisaje a través de las ventanillas, ya sin ponerles atención a ellos.

Fuensanta repitió la última frase entre dientes y guardó silencio. Álvaro hizo lo mismo. Mariano, quien dormía en su asiento de niño, participó también en la acumulación del silencio. Mariana no volvió a decir palabra alguna. El volcán cubierto de nieve los vigilaba de lejos.

La situación, como todas las creadas directa o indirectamente por Irena, era absurda. Álvaro no sabía qué hacía en su auto una niña de expresión seria que miraba hacia el exterior con un cansancio que no correspondía a su edad. No sabía qué explicación le daría a Fuensanta cuando, ya sin los niños alrededor, se sentaran a la mesa con ánimo de platicar. No sabía quién era o había sido Irena. No sabía, sobre todo, quién era ese hombre que siempre soñó. A medida que se alejaban del bosque encantado, lo único que Álvaro podía hacer era mirar de reojo el espejo retrovisor, esperando con toda el alma no encontrar el rostro de Mariana. El rostro, sin embargo, seguía ahí cada vez que el nerviosismo o la incredulidad lo obligaban a espiar el asiento trasero del coche. Mariana, Mariana Corvián. ¿Qué le diría a Fuensanta? ¿Qué se callaría? Dentro del silencio, mientras la ciudad se aproximaba con su lomo de luces, Álvaro volvió a deletrear la palabra *absurdo*. Todo, sin duda alguna, lo era.

Fuensanta no rompió su silencio al llegar al departamento. Sin decir palabra alguna, se dispuso a alimentar a su hijo mientras le señalaba a Mariana dónde estaban las toallas y el baño. Cuando, ya limpia, la niña estuvo lista para cenar, colocó un plato de cereal sobre la mesa, el cual ella comió con desgano. Ya con ambos apetitos satisfechos, los guio hacia la recámara, donde los arropó, apagó la luz y les dio las buenas noches. Después, se dirigió al balcón donde Álvaro la esperaba con cara contrita. Fuensanta observaba a su marido con gesto de interrogación, pero no de suspicacia. Lo conocía bien. Sabía que Álvaro no era el tipo de hombre que sufría de pasiones románticas u obsesiones sin retorno. Le tenía confianza.

—Y bien —dijo, acercando una silla, colocando una botella de tequila y dos vasos sobre la mesita, y pidiéndole, para total sorpresa de Álvaro, un cigarrillo.

—Nada de esto tiene una explicación lógica, Fuen —murmuró Álvaro.

—Lo sé —contestó—, o lo imagino —se corrigió ella misma.

El silencio humano que se hizo entre ellos fue voluminoso e incómodo. En cambio, la noche de la ciudad se les vino encima, con su multitud de ruidos desordenados y difíciles de identificar. Sin decir palabra alguna, brindaron por primera vez.

—Mariana es hija de un hombre cruel y una sirena asustadiza —inició Álvaro con una sonrisa irónica a medio esbozar en el rostro—. Mariana es hija de Irena, Fuen. ¿Te acuerdas de ella?

Fuensanta se acordaba. Apenas si escuchó el nombre arrugó la nariz y le pidió a Álvaro el encendedor con un par de gestos hastiados. Luego, con el cigarrillo encendido, se dirigió al barandal de hierro forjado donde recargó los brazos.

—Su padre es o fue un hombre equívoco que, según parece, se la había llevado al extranjero, tal vez a Copenhague, sin permiso de Irena —alguien dentro de él sabía historias que él personalmente desconocía y, luego, repartía explicaciones con un aplomo inaudito—. Parece que Hércules es o fue también un político de la región.

—¿Hércules Corvián? ¿El candidato? —la incredulidad en el rostro de Fuensanta era genuina.

—¿Cómo lo sabes?

—Todo mundo lo sabe, Álvaro. Es un tipo de lo peor, ligado al narcotráfico, según parece —le dijo con exasperación y luego, sin transición, habló en voz alta—: ¿Qué puede haber en común entre un hombre como ese y la doctora en plantas enfermas?

—La violencia —dijo de inmediato Álvaro, sorprendiéndose incluso a él mismo.

Luego, le relató a su mujer el incidente del hospital, omitiendo la estancia de Irena en el Sorrento.

—¿Una mujer así, con todas esas palabras en la boca, dejándose golpear por un mamarracho como Corvián? No, Álvaro, eso es demasiado difícil de creer —sentenció Fuensanta, quien a esas alturas estaba más interesada en la historia misma que en la manera como Álvaro se había enterado de ella—. ¿Nunca lo llegaste a ver en los anuncios de la tele? Un tipejo sin chiste, siempre con su sombrero pasado de moda y esa mueca de pelado venido a más en el rostro. Horrendo.

Álvaro se asombró por su propia ignorancia. Nunca en su vida había visto los anuncios a los que se refería su mujer, pero todas sus descripciones correspondían a las del hombre con el que se encontró en el Siracusa alguna vez. En el desconcierto, chocaron los vasos por segunda ocasión.

—Creo que se conocieron en Copenhague, pero no sé más.

—Debió haber enloquecido. Eso suele pasarles a las mujeres que estudian mucho, ¿no es cierto?

Sin querer, Fuensanta repetía las palabras de la vieja Antonia. Luego, otra vez sin transición, lo conminó a continuar:

—Y Mariana, ¿cómo conociste a la niña?

—Como tú, Fuen. La conocí hoy.

La sinceridad de su voz le ganó la simpatía de su esposa. Ella se le acercó.

—No parece niña, Álvaro, ¿te diste cuenta? —dijo con murmullos—. Mira como grande, se comporta como alguien de mayor edad.

Álvaro asintió en total acuerdo.

—Creo que Mariana ha presenciado cosas terribles en su vida, Fuen —le informó Álvaro, relatándole al mismo tiempo su trayecto hacia el cráter del volcán: la laguna del sol, la laguna de la luna, *mi mamá se fue por ahí*, el agua negra, el viento frío, las nubes en donde el gris explotaba en mil tonalidades y texturas, naturaleza muerta—. No sé qué vamos a hacer con ella —concluyó con un signo de interrogación en un ojo y una súplica en el otro.

Fuensanta guardó silencio y miró hacia la noche, dándose por enterada. La decisión sería suya y de nadie más. El tequila sobre la lengua le despertó los sentidos.

—Al inicio pensé que Irena era una mujer amable, Álvaro —murmuró Fuensanta—, pero esa manera suya de repetir el nombre de las plantas no era normal, ¿verdad? No podía serlo. ¿Notaste también que no sentía frío?

Fuensanta preguntaba y se contestaba a un mismo tiempo. Más que platicar, parecía desarrollar un monólogo largamente aplazado.

—Debería armarte una escena de celos, ¿no es cierto? —continuó—, debería preguntarte dónde pasó esto, cómo te enteraste de aquello, cuándo, a qué horas, todo eso. Pero Irena no era una mujer que pudiera provocar celos en otra mujer, Álvaro. Si acaso compasión, lástima. Algo así.

Fuensanta volvió a guardar silencio mientras buscaba las palabras exactas, el término inequívoco, pero no los encontraba.

—Irena no andaba en búsqueda del amor, se le notaba desde lejos, Álvaro. Quería otra cosa. Protección tal vez. Protección de sí misma, tal vez. Una manera de partir.

—Lo logró —musitó Álvaro, observando los ojos perdidos de su mujer.

—El hombre que siempre soñó —Fuensanta repitió la frase varias veces, como hipnotizada—, qué curioso, Álvaro, qué manera de decir las cosas. ¿Te dije que yo también llegué a pensar que una mujer te había soñado para mí? Sí, no te rías —le dio un leve empujón sobre el hombro y tomó otro trago de tequila—. Siempre pensé que eras el sueño de una mujer afiebrada que, en sus prisas, se olvidó de ti sobre el asfalto, donde yo te encontré luego, por casualidad, por coincidencia, como se encuentran las bendiciones. No existe mejor manera de explicar lo que siento por ti.

Álvaro la miraba con estupor, con agradecimiento, con incredulidad. Fuensanta nunca le había dicho algo semejante en toda su vida. Ni siquiera en los momentos más cálidos de su relación, ni siquiera al inicio cuando todo había sido encanto y seducción, ella se había rendido a los sentimentalismos torpes o a los dramas de la pasión. Tal como lo había dicho en la fiesta donde un matrimonio mal avenido había peleado en secreto, Fuensanta era en realidad un hombre. Segura de sí misma, completa en sus actividades diarias, contenida en la expresión de sus emociones, en paz con su entorno. Y ahora, esta mujer a medias ebria que fumaba cigarrillos mientras le confesaba un amor más grande que el que nunca imaginó, le resultaba totalmente desconocida. Todavía pasmado, se llevó el vaso de tequila a los labios, sin dejar de verla: un rostro inédito, una mueca irreconocible, una mujer oculta súbitamente develada para la noche. La visión le gustó. De repente quiso verla así toda la vida. De repente estuvo seguro de que soñaba. Entonces, a medida que los dos luchaban por encontrarse los ojos, una luz mortecina iluminó la escena del balcón. Ambos volvieron el rostro hacia el interior del departamento al mismo tiempo y, con sorpresa, descubrieron la figura de Mariana que los espiaba desde detrás del sillón de la sala. La niña estaba de pie, inmóvil. Estatua malherida. Tuvieron temor. Tuvieron ganas de salir corriendo hacia ella. Apenas cubierta con un camisón azul celeste, Mariana daba la impresión de ser un faro que ofrecía su luz a un océano en perfecta calma. Sirena asustadiza. A través de sus ojos grandes y claros, otra mujer alumbraba la silueta de la pareja.

Él era un hombre que soñaba.

Ella también.

Nunca te fíes de una mujer que sufre

Estoy ya de regreso y esta será mi casa, mi guarida: setenta y dos escalones, una puerta de madera pintada de rojo, una llave solitaria, única. Esta tarde la uso por primera vez, dos vueltas a la izquierda, muy despacio, tratando de detectar el sonido del cerrojo cuando cede; mi bienvenida.

La luz es magnífica, amarilla y temblorosa como un cuerpo. Cae a chorros por las ventanas, las traspasa con un poder inusual, lo inunda todo; y sin embargo es serena también, acaso mansa. Parece que esta luminosidad ha estado concentrada aquí desde mucho tiempo atrás, desde siempre. Estoy en un nido, en el centro mismo de un aposento de luz, viendo de cerca el altar de los reflejos vespertinos.

No hay ruido.

El silencio se esparce, como el polvo, justo dentro del vendaval de luz. Es un revoloteo frágil alterando el parsimonioso estar del aire. Antes de mí solo había esto: la mudez de la luz y el deambular manso de un aire rancio, delgadísimo, ajado por el tiempo.

Mi guarida tiene las paredes desnudas, los mosaicos irregulares, los techos altos. Pero sobre todo tiene ventanas y silencio. Vacía. Pequeña. Apenas suficiente para una persona. Tan distinta a los lugares en que he vivido los últimos años. Aquí no hay jardines, ni pianos, ni candiles colgando como joyas brillantes de los techos. Aquí no hay perros, ni gatos, ni plantas para regar de tarde en tarde. Aquí no habrá cuadros sobre las paredes blancas, ni tapetes en la entrada, ni espejos. Aquí no habrá persona alguna. Solo yo.

Solo la luz y yo. Y estas ventanas listas para abrirse.

Las abro. Los sonidos de la calle entran en bandada, categóricamente. Hay voces, gritos difuminados por la distancia, sirenas, pasos marchando hacia todos lados. Murmullos. Tres pisos abajo, las calles serpentinas se enrollan y desenrollan sin patrón alguno, siguiendo una lección propia, un lenguaje que, de tan obvio, se vuelve incomprensible. Estas calles faro, estas calles arcoíris, estas calles, ¿te acuerdas, Criollo?, por donde trastabillamos y corrimos, donde crecieron nuestros acertijos, donde nos despedimos. Donceles. Los nombres como dulces dentro de la boca, sobre la lengua. Regina. Los nombres como plumas de faisán detrás de las rodillas. Mesones. Los nombres como abracadabras de membrillo. Tres pisos abajo de mis pies, justo sobre la epidermis del pavimento, hay un mapa de color azul que casi ya no veo.

Creo que he regresado para dibujarlo otra vez. Mi mapa. Para borrarlo.

Al anochecer el edificio se llena de voces, ecos sordos que se trasminan a través de las paredes y los techos, junto con los olores de la cena y el humo de los cigarrillos. El ruido monótono de los televisores. Las carcajadas de los muchachos reunidos en la puerta de la entrada y, después, el tropel de sus pasos por las escaleras oscuras de camino a la azotea. El entrechocar de las cervezas. La botella vacía que se estrella contra el cemento desnudo de los pasillos. El llanto de los niños. El llanto de los perros. Alguien corriendo a toda prisa, perseguido de cerca por las sirenas rojiazules de la policía. Y el sonido seco de alguien más que toca a mi puerta. Tres golpes, silencio. Tres golpes más.

—Buenas noches —la voz detrás de los ojos negros es firme y tímida a la vez—, soy la portera. Vengo a saludarla y a ver qué se le ofrece.

La mujer lleva el suéter arremangado arriba de los codos, como si hubiera dejado algo a medio hacer en la cocina, pero su manera de detenerse a un lado de la puerta roja no indica prisa sino curiosidad. Sus ojos apenas se detienen sobre mi rostro para salir volando hacia el espacio vacío de atrás. Indecisos, como sin brújula, sus ojos se pierden sobre la superficie de las paredes y salen después a toda prisa por las ventanas abiertas.

—Va a escuchar historias sobre el edificio —dice—, pero no haga caso. Hace mucho que no ocurre nada por acá.

—No se preocupe —le respondo, disculpando las historias de antemano, sonriendo como sus ojos antes, sin brújula.

—De la gente —empieza la oración y vuelve a detenerse mientras observa el piso con insistencia—. De la gente como rara que a veces se aparece por aquí, de esa yo me encargo.

Lo dice con orgullo y desazón en la voz, sin saber cómo continuar. Finalmente lo hace, en un arranque, aguantando la respiración y encontrando mis ojos a un mismo tiempo.

—¿Y sus muebles? ¿Sus cosas? —pregunta.

Un viejo de hombros vencidos se atraviesa entre nosotras, murmura apenas un buenas noches seco, casi inaudible, y abre la puerta contigua con ademanes automáticos. Sus botas con suelas de hule rechinan sobre el piso.

—Después, con el tiempo —le contesto, pensando en mis cosas, mis muebles: una silla, una bolsa de dormir, una maleta con algo de ropa, una caja llena de papeles.

La portera suspira, decepcionada. En la mirada que me recorre de arriba abajo hay incredulidad. La mujer no puede creer que yo también ande contando centavo tras centavo al final de cada mes; que también tenga que comprar aceite barato para refreír las sobras de la comida a la hora de la cena o entretenerme de tarde solo con la radio y los cigarros. Por eso observa mis manos, va de una a la otra sin prisa, tasando el tamaño de la mentira, las dimensiones de la duda. Y mis manos, finas y suaves como las tuyas, Criollo, con dedos largos y huesudos, me delatan. La portera sonríe para sí misma y, a pesar de saber, continúa tratándome con deferencia.

—De cualquier manera, no tenga miedo —dice en voz baja mientras mueve la cabeza de izquierda a derecha en signo de callado reproche, escondiendo los ojos en los bolsillos de su delantal—, hace mucho que no pasa nada en este edificio. Las historias que oirá son viejas.

—Gracias.

Mi respuesta va detrás de sus pasos cansados, sin saber a ciencia cierta lo que ha acontecido. Pero justo cuando vuelvo a cerrar mi puerta me doy cuenta de que en realidad no tengo miedo, de que ahora ni siquiera puedo recordar cómo era, qué se sentía o en qué momento desapareció. Ahora solo queda este vacío suave, liso, abierto de par en par, ilimitado. Todo puede ocurrir ahora, ¿verdad, Criollo? El peligro, la locura, las ganas de tomar al mundo entre las manos y exprimirlo sin pausa, sin pausa alguna. Alguien puede detenerse a media calle para decir de repente, con la velocidad de un arma mortal, *soy tuyo, seré tuyo siempre. Detenme, por favor, detenme.*

El aire. La falta de aire.

Sin miedo abro la puerta roja una vez más y, sin pensarlo, me dirijo a la azotea. Es ya de noche, una noche cerrada, irrespirable, viva como una hiena. Los muchachos están reunidos cerca de la desembocadura de la escalera.

Toman cerveza, fuman, cuentan chistes, se carcajean. Y por un momento, justo como la portera, no pueden creer lo que observan: una mujer pasa entre ellos a toda prisa, *buenas noches*, y, dándoles la espalda, recarga los codos sobre la barda de bloques grises, viendo hacia más allá, hacia. Ellos guardan silencio, la observan sin mirarse entre sí. Después, poco a poco, recuperan el habla. Las palabras al principio se escuchan quedas, incómodas, asustadas. Pronto, sin embargo, el alcohol y la compañía les regresan el grosor natural, la fuerza y los ecos en sordina. Lo que ensayan son palabras de hombre, historias de albures y mentadas, de peligros insospechados y victorias inadvertidas.

—Sí, mucha lana, muchas viejas, muchas drogas —enumera el que acaba de llegar de Chicago.

Los otros ríen sin ton ni son, incrédulos.

Sobre el barandal de la noche, sin miedo. Nadie puede asustarme esta noche, nada. Ni sus voces, ni el viento, ni la lluvia de luces eléctricas y faros veloces que agujeran la oscuridad. Ni la voz del Chicago Boy, como lo llaman, cuando se aproxima con una cerveza en cada mano.

—¿Quiere tomarse una? —pregunta mientras extiende el brazo con el mismo arrojo contenido de su voz—. Es bueno, a veces, beber de noche.

El Chicago Boy tiene los ojos de alguien que sueña, abiertos, sin huellas. Sin miedo de caer, se sienta sobre la barda, cerca. Y calla. No sabe qué decir ni lo intenta. Los otros muchachos también guardan silencio, aburridos tal vez, tal vez a la expectativa de algo nuevo.

—Es un hotel muy viejo —murmura—. Dicen que Villa durmió una noche ahí, hace muchos años.

Él está de espaldas al hotel pero yo sí observo el edificio descolorido, de seis pisos tristes, que se yergue en contraesquina del nuestro. Hace muchos años yo dormí ahí también, ¿verdad, Criollo? Contigo. Y me asomé a la noche por una de esas ventanas, después, cuando el sueño te dejó suave, abierto, olvidado de ti mismo, temblando apenas, frágil y dulce como un malvavisco. Y te vi durmiendo con las manos bajo la almohada y las rodillas entremezcladas con las sábanas como un niño. Blanco tú y blancas ellas, una luminosidad de alcatraces y luciérnagas.

—Yo me sé todas sus historias porque mi mamá trabajó de recamarera ahí por muchos años —dice el Chicago Boy como al descuido.

—¿Te acuerdas de alguna?

Supongo que se trata de las historias que mencionó la portera.

—Hubo, una vez, una muchachita francesa —inicia el muchacho con una sonrisa sarcástica entre dientes—, que se pasaba los días encerrada en su cuarto mientras su amante celoso andaba en la ciudad arreglando negocios. Nosotros la veíamos de tarde en tarde, desde la banqueta; le aventábamos besos, o dulces, o piedras. Y la francesita nos mandaba avioncitos de papel con mensajes secretos.

—¿Y qué decían?

—Como ninguno de nosotros hablaba francés, nunca supimos. Lo que sí quedó claro es que era francesa.

—¿Nada más? —le pregunto.

—Sí, solo eso —dice mirándose la punta de los tenis—. ¿No es chistoso?

Y el Chicago Boy se ríe y regresa a platicar con sus amigos.

Estas son todas tus notas, Criollo, todos tus recados. Servilletas, pedazos de papel, hojas arrancadas de cuadernos escolares. Ahora que las leo parecen tan amargas como entonces, cuando las dejabas pegadas sobre la puerta sin que yo me diera cuenta. Sorprendida de verdad al encontrarlas. Pero, también como entonces, suenan divertidas, palabras apresuradas describiendo el tráfico, los sueños de algunas noches, *noches muy largas, noches sin ti*; el cielo amarillo de ciertas tardes, tardes de otoño, sucias como huevo; y mi cuerpo, tan cerca, y sí, al final, como siempre, *tuyo, el Criollo, de ti*. Cuando levanto el rostro la ciudad desaparece, tus palabras y el sol me dejan deslumbrada, ciega. No sé cuándo empezaste a usar el nombre que te di. Pero pasó, de alguna manera, sin que yo lo notara. Así como pasan todas las cosas algunas veces, de repente y naturales a la vez; sin alternativa y azarosas, el destino y la suerte topándose de frente, sin memoria.

Bajo la luz de la mañana observo mis rodillas morenas, la piel oscura de mis brazos, y sé, de repente, cómo surgió. Cómo nació tu nombre, una noche, en el último vagón del tren, en la cola de todos los deseos. Esta es la historia, así ocurrió:

Descubrimos la estación perdida a orillas del pueblo y nos quedamos ahí, husmeando los cuartos de adobe, haciendo malabares sobre los rieles en desuso, viéndonos de lejos. Estábamos hechizados por el olor a madera carcomida, por los reflejos de los rostros a través de los cristales rotos de la taquilla.

—Este viaje cambiará mi vida —dijiste—. Voy a recordar esta luz oblicua siempre, siempre —añadiste como al descuido, con la voz tersa de las profecías.

Después guardaste silencio y, dentro del silencio, como obligado por algo automático, abriste la boca varias veces. Estabas listo para decir algo y listo, también, para callar por siempre. Entonces llegó el tren y lo abordamos. El tren del sueño. Un grupo de campesinos viejos e indias de mirada adusta subió con nosotros al vagón. Los miramos con timidez, con súbita incomprensión. Era difícil saber qué transcurría detrás de esos ojos, qué ceremonias o qué masacres se ocultaban detrás de sus velos pardos. Pero cuando ellas te rehuyeron la mirada, cuando bajaron la vista y aprisionaron con temor el cuerpo de los corderos bajo sus brazos, entonces supe que tú no eras como nosotras. El nombre apareció de inmediato, entero. *Criollo*. Entonces tomé tu rostro entre mis manos y lo atraje hacia el marasmo del rostro mío. Te obligué a mirarme de frente.

—Este viaje cambiará tu vida —auguré en un murmullo—. Y la luz anaranjada de este atardecer en la ladera de la montaña te acariciará después con el filo de una espada.

Íbamos de regreso a la ciudad, a la ciudad de las ruinas intactas, a la ciudad del centro. Esta ciudad que ahora me rodea mientras leo todas tus notas, todos tus recados bajo la luz torrencial del mediodía. Aquí está el tráfico, la desesperación de algunos sueños a solas, la vastedad ilimitada, la tibieza de mi cuerpo. *Tu criollo*, doblado en avioncitos de papel que vuelan sobre las sombras de los mendigos cabizbajos, *tuyo*, sobre el recorrer inseguro de los perros cojos, *criollo de ti*, sobre el jugar algarabioso de los niños que se persiguen descalzos en las orillas de las banquetas.

Apenas se escuchan las campanadas vespertinas de la iglesia y ya hay alguien aquí, tocando despacio ante mi puerta. Es el Chicago Boy, con una sonrisa y una cerveza.

—Las seis de la tarde y todo sereno —dice bajo el dintel de la puerta, haciéndose el chistoso.

No le pregunto qué hace aquí o qué es lo que está buscando. Solo lo observo, sus piernas cubiertas de mezclilla agujerada, su cintura estrecha, sus ojos traviesos, sus rodillas a medio flexionar. Como su madre, él también espía la desnudez brillante de mi casa y guarda un silencio incómodo antes de preguntarme por mis muebles.

—Nosotros le podemos ayudar a cargar sus cosas —ofrece con una sonrisa que parece sincera.

Entonces lo invito a pasar, a beber su cerveza conmigo. Mientras el muchacho recorre el departamento vacío con la mirada, yo me sirvo un poco de agua en una taza. Después nos sentamos sobre el piso, en extremos contrarios. El sol de la tarde deja un débil brillo azuloso sobre su cabello despeinado. De repente no es más que un cuervo callado y tímido, un ave oscura acostumbrada al silencio.

—¿Y esos papeles? —me pregunta señalando el tropel de avioncitos de papel con el pico de su botella.

—Notas en francés —le respondo.

Sonríe en silencio, mueve la cabeza como su madre lo hiciera antes: de derecha a izquierda, como un péndulo, reprobando el detalle.

—La historia que le conté anoche no es cierta. La inventé toda —dice—. Pasó, pero de otra manera —añade.

Fue en Chicago. Él escribió las notas. Muchas notas en español para la muchacha del segundo piso. En lugar de dejarlas bajo su puerta, usaba el papel para envolver piedras muy pequeñas que después arrojaba hacia su ventana. Luego corría entre la ventisca de hielo, arrepentido de su arrojo y a la vez feliz por haberle dado rienda suelta al miedo. Pero siempre las encontraba entre los montículos de nieve sucia al día siguiente, la tinta despintándose bajo la humedad y las hojas navegando sobre riachuelos de agua fría hasta que se hundían en las alcantarillas. Ella no entendía español de cualquier manera.

Lo deja hablar por largo rato y después callar, también por mucho tiempo. Los ruidos del edificio crecen poco a poco, alguien camina apresurado por el pasillo y mi vecino canta bajo la poca agua que cae de la regadera. Es un día feliz, parece. El Chicago Boy también se ríe. Lo hace en silencio mientras desdobla mis avioncitos de papel.

—Son bonitos —murmura—, los recados.

Después de leerlos despacio, los ha ido apilando uno sobre otro, formando una torre de papel maltrecha y frágil. Cuando finalmente termina me mira con la boca abierta y los ojos interrogantes.

El Chicago Boy debe pensar que estoy sufriendo.

Cierro las ventanas, recojo los papeles del piso y, como no sé dónde colocarlos, doy vueltas en círculo casi sin notarlo. Él me ve hacer pero no pregunta nada y tampoco se inmuta. Al final, cuando no encuentro mejor alternativa, los pongo debajo de una pata de la silla como si temiera que se escaparan en la cola del aire.

—Tienes manos de hombre —me dice de repente, seguramente sin pensarlo, cambiando de tema.

Yo las observo: mis manos, tus manos, como si nunca lo hubiera hecho antes, y asiento en silencio. El eco de su tuteo inesperado me hace cosquillas detrás de las orejas.

—La cantina de abajo está abierta ya —menciona al incorporarse, invitando a su manera.

La luz del alumbrado público ilumina las ventanas con su brillo mortecino y nostálgico. Una llovizna delicada cae a oleadas lentas sobre la ciudad. Sin contestarle, me incorporo con una agilidad inusitada y lo sigo.

—En realidad la historia no iba así —susurra en el cajón oscuro de las escaleras—, los papeles los encontraba yo en la calle, revueltos entre la nieve. Y no los entendía porque estaban en inglés. Eso fue todo.

Entonces nos abrochamos las chamarras y nuestras sombras dan vuelta a la esquina, con el balanceo de los vagos y de los cinturitas.

Es la misma cantina, Criollo. La misma música norteña llenando el aire de pasiones malsanas y ridículas. Los mismos espejos sucios sobre la barra, justo atrás de las botellas.

Y es tan distinta.

—Hay lugares que nunca cambian y hay otros que solo lo hacen dentro de la cabeza. Uno nunca reconoce a los que en realidad cambian —menciona el Chicago Boy, con los ojos de alguien que ha estado en muchos lados.

La música de los acordeones, tan fuerte, tan lasciva, no me deja escuchar su siguiente comentario.

El mesero lo saluda.

Una pareja se besa en el sillón de la esquina.

De espaldas al barullo del lugar, una mujer envuelta en un vestido color bermellón empieza a llorar muy lento, observándose a sí misma en el reflejo del espejo de la barra. Una estatua. Algo detenido en un trozo de tiempo. Sus cabellos negros contrastan con el encendido carmín de los labios y la transparencia súbita de las lágrimas que caen una a una por las mejillas, como joyas pequeñísimas.

—Deberías llorar así —me dice el Chicago Boy con un reto fugaz en cada ojo, lleno de reprobación.

Los dos la miramos sin querer, con la ambivalencia de quien quiere ver más y a la vez se muere de pena propia y ajena.

—¿Por qué no? —lo reto a mi vez—. Las mujeres, a falta de alternativa, se rehacen sufriendo.

Pero no lloro. El Chicago Boy se entretiene observando el líquido de su vaso. No quiere mirar a la mujer bermellón y no quiere mirarme.

—Todo vuelve al lugar de antes, como la marea —dice, señalando el ir y venir del licor sobre las paredes del vidrio empañado.

Tal vez tiene razón, ¿cómo saberlo? Luego, sin poder evitarlo, vuelve a mirar a la mujer de la barra.

—Mi mamá se duerme así algunas veces —me dice sin quitarle la mirada de encima a la mujer bermellón—, por el cansancio. Yo también lo hacía, allá en Chicago. No tenía dónde dormir y en las cocinas no se molesta a nadie de noche.

Miro sus manos, las imagino recorriendo a tientas la piel dorada de la muchacha del segundo piso que no hablaba español. Imagino sus labios húmedos sobre sus hombros, sus senos. Y los ojos abiertos, brillando como luciérnagas solitarias detenidas en la noche. Las luces de una ciudad extraña colándose por entre las rendijas de las cortinas. Y el silencio. Y los gemidos quedos, muy quedos.

Pero todos sabemos ya que eso no es cierto.

—De seguro la abandonaron —sentencia el muchacho, hastiado de tanto espectáculo.

Espantado ante la visión de las mujeres dormidas sobre las barras, el Chicago Boy enrolla los ojos con exasperación. Parece que la fuerza, la imposición gratuita de la desdicha, le da asco. Náuseas. Ganas de salir corriendo y respirar aire fresco. O ganas de caer bajo su encanto.

—Sí, quizá la abandonaron —le respondo, dudándolo.

Porque tal vez hoy ella se levantó tranquila, sabiendo que algo se acababa. Y se puso a beber con calma pequeños sorbos de tequila hasta ver la tarde toda en llamas, sin reconocer un placer que no conocía pero que la hizo sentir contenta, casi sexy, envuelta en su mejor vestido entallado. Y tal vez se ha puesto a llorar más tarde porque dolía, o porque no dolía, verse sola y hermosa, perenne como una dádiva.

—Pero nunca te fíes de una mujer que sufre —añado.

La mujer bermellón ha dejado de llorar y, trastabillando de mesa en mesa, ha brindado con hombres y mujeres por igual. Por un momento me imagino que esa mujer tan esbelta, tan maltratada, es solo una muda que se dedica a vender imágenes religiosas, o llaveros o dulces, todo a cambio de algunos tragos y algunos pesos.

Pero me equivoco.

Cuando se acerca a nuestra mesa, la mujer habla.

—Solo les voy a quitar unos minutos —dice mientras nos guiña un ojo—, les prometo que se van a divertir.

Entonces, extrae un montón de fotografías manoseadas de su bolso de plástico rojo. Son instantáneas coloridas de un cuerpo de hombre. *Close-ups*. Una rodilla, la boca, las manos sobre el sexo, los pies desnudos, los cabellos. Una a una, a intervalos regulares, las va pasando frente a nuestros ojos.

—Esta es su boca, bonita, ¿verdad? Estas son sus manos, ay, para qué les cuento, sus piernas tan claras. Esta es la mata de sus cabellos, la acaricié tanto, tantas veces, sus anteojos, las cinco uñas de sus pies, todas parejitas. Y esta cosita ahí, colgándole en el centro, es la que me volvió loca —se ríe, pone un dedo índice sobre la sien derecha—, bien loquita, ¿no?, de remate. Increíble, ¿verdad? Qué chiquita, ¿no?, con tantos plieguecitos, tan fragilita, como que no sirve para nada, ¿no?

Y la vemos bien, su cosita.

—Esta es su lengua estriada, ay, su lengua —continúa la mujer—, y estos son sus ojos cerrados cuando los hombres cierran los ojos, en ese momento, ustedes me entienden, ¿no? Este es su ombligo, justo en el centro del universo. Y estas son sus dos nalgas, lisitas, blancas, suavecitas como almohadas.

El Chicago Boy no tiene otro remedio. Con el rictus muy serio, mira a la mujer bermellón y me mira a mí. Nuestras risas lo amedrentan; parece que no entiende pero de todas maneras tiene miedo. Sus manos están en la entrepierna, no con el gesto del hombre que se acomoda el sexo, sino trémulas casi, protegiéndose a escondidas la bragueta.

—Bola de viejas vulgares —dice finalmente, pero el resto de sus palabras se pierden entre el sonido de los acordeones y la música estridente de nuestras carcajadas.

—Bueno, él quería pertenecerle a todo el mundo y ahora lo está haciendo —finaliza la mujer.

Le da un último trago a su vaso de agua, nos vuelve a guiñar el ojo, y sale de la cantina balanceando la cadera.

Seguramente la mujer va a tener una cruda bárbara mañana, pero ahora, mientras camina sin sandalias sobre las banquetas, brincando en todos los charcos de la medianoche, ella se siente extrañamente bien. Libre y encendida a la vez. Si alguien le preguntara su edad en este instante, ella contestaría sin dudar: "Tengo diecisiete años". Una sonrisa traviesa dentro de cada ojo gigantesco. Luego, continuaría con su camino a toda prisa, sin volver la vista atrás, como si se le estuviera acabando el tiempo. Al llegar frente a las escaleras, subiría los setenta y dos escalones con movimientos de gacela. Sus manos de piel suave e inútil encontrarían con facilidad la única llave dentro del bolso repleto. Si alguien le preguntara del otro lado de la puerta ¿de dónde vienes?, ella miraría hacia lo alto, diciendo: "Lo importante es saber a dónde voy. ¿No te parece?". Las briznas de una coquetería vieja empañando el ambiente. Entonces, desmaquillándose frente al espejo, la mujer se encontraría los ojos.

—No eres el Chicago Boy —se diría a sí misma.

—No eres la mujer bermellón —le contestaría el reflejo.

El último verano de Pascal

Teresa Quiñones me amaba porque tenía la costumbre de mirarla en silencio cuando ella discurría sobre la disolución del yo.

—¿Quién eres tú? —solía preguntarme al final de su charla.

—Lo que tú quieras —le contestaba alzando los hombros, reflejando la sonrisa con la que me iluminaba por completo.

Mi respuesta la hacía feliz.

—El mundo, desgraciadamente, es real, Pascal —decía después, arrugando la boca y dándose por vencida de inmediato.

Luego, como si la felicidad fuera solo una breve interrupción, seguía leyendo libros de autores ya muertos, envuelta en su sari color púrpura, recostada sobre los grandes cojines de la sala. Entonces yo me dirigía a la cocina a moler granos de café para tener los capuchinos listos antes de que llegara Genoveva, su hermana. Cuando ella se aparecía bajo el umbral de la puerta, con sus faldas de colores tristes y zapatos de tacón bajo, la casa se llenaba de su perfume de gardenias.

—¿Dos de azúcar? —le preguntaba, más por seguir un ritual que por esperar la respuesta.

Genoveva sonreía entonces, sin atisbo de alegría pero con suma sinceridad.

—Ya sabes que no tomo azúcar, Pascal —me decía mientras colgaba su bolsa y su saco, dándome la espalda.

Teresa, entretenida en oraciones sin fin, tomaba el capuchino sin despegar la vista de sus libros o mirando hacia la pared sin ver en realidad nada. Genoveva y yo, en cambio, nos acomodábamos en la mesa de la cocina para vernos de frente y provocarnos sonrisas impremeditadas. A diferencia de Teresa, Genoveva me amaba porque la dejaba callar mientras yo le contaba sucesos sin importancia.

—Ayer vi la foto del hombre más gordo del mundo —le decía entre sorbo y sorbo de café—. Fue horrible.

Genoveva sonreía con amabilidad, sin decir palabra. Ese era el momento que yo aprovechaba para pararme detrás de su espalda y darle un masaje circular en la base del cuello. Los gemidos que salían de su boca me emocionaban. Pero nunca pasaba nada más porque a esa hora, por lo regular, llegaba Maura Noches, la mejor amiga de las hermanas Quiñones. Su algarabía sin rumbo, el torbellino de sus manos y piernas, rompía la concentración de Teresa y el cansancio circular de Genoveva. Entonces todos nos volvíamos a reunir en la sala.

—¿Vieron la foto del hombre más gordo del mundo que salió ayer en la prensa? —preguntaba como si se tratara de un asunto de vida o muerte.

—De eso me estaba hablando Pascal precisamente —le informaba Genoveva, provocando sin querer la súbita sonrisa de Maura.

—Por eso me gustas, Pascal —decía ella sin rubor alguno—. Te fijas en todo lo que yo me fijo.

Lo cual era cierto solo a medias. Maura usaba el cabello corto y los pantalones tan ajustados que se le dificultaba sentarse sobre el piso, a un lado de Teresa. Cuando lo lograba, cruzaba las piernas con un desenfado tan bien ensayado que casi parecía natural. Diva sempiterna. Así, encendía cigarrillos con gestos desmedidos y continuaba con su plática acerca de cosas insulsas que, en su voz de mil texturas, parecían misterios encantados. Teresa usualmente se aburría, y por eso se iba a su habitación para seguir leyendo. Mientras tanto, Genoveva hacía esfuerzos por mantener los ojos abiertos y la actitud de interés, pero después de media hora usaba cualquier pretexto para retirarse también. Entonces Maura aprovechaba nuestra soledad para aproximarse a mí con ademanes seductores y voz de niña.

—¿Te diste cuenta de que volvieron a robar la bocina del teléfono de la esquina? —preguntaba, más para confirmar que ambos nos fijábamos en las mismas cosas que para saber la suerte del teléfono.

—Pero si eso sucedió hace tres días, Maura —le decía y ella de inmediato se abalanzaba sobre mí porque mi respuesta validaba sus teorías.

Presos de su conmoción, a veces nos besábamos detrás de las cortinas y, otras, nos encerrábamos en el baño para hacer el amor a distintas velocidades y en tantas formas como el espacio lo permitía.

—¿Qué vas a hacer conmigo? —le preguntaba en voz baja cuando me tenía bajo sí, derrotado y sin oponer resistencia.

A ella esa pregunta la volvía loca.

—Eres un hombre perfecto —me aseguraba justo al terminar.

Después se lavaba, se vestía y, con la cara frente al espejo, volvía a acomodarse los cabellos cobrizos detrás de las orejas. Cuando se ponía el lápiz labial color chocolate me mandaba besos ruidosos sin volver el rostro.

—La intensidad es lo que importa —decía todavía dentro del puro reflejo.

Observándola de lejos, aún con el olor de su sexo en mis manos y boca, yo estaba de acuerdo. El mundo, como decía Teresa, desgraciadamente era real, pero eso no le importaba a Maura y tampoco me importaba a mí mientras pudiera seguir haciendo arabescos con su cuerpo.

—Tú y yo nos entendemos muy bien, Pascal —insistía.

Después tomaba su bolsa y salía corriendo para evitar encontrarse con Samuel, su novio oficial, o con Patricio, su novio no oficial, para quienes yo no era ni hombre ni perfecto, sino un confidente leal.

—Yo no entiendo a Maura —se quejaba Samuel—. Le doy todo y, ya ves, se lo monta con todo el mundo.

—Maura es incomprensible —plañía Patricio—. La cuido y la complazco y mira cómo me paga.

Yo los escuchaba a ambos con atención. Samuel era un hombre delgado, de cabellos lacios, que seguramente no había hecho nada ilegal en su vida. Patricio era un muchacho de piel dorada a quien sin duda muchas mujeres habían amado. Con el primero me reunía en un café al aire libre rodeado de jacarandas, mientras que al segundo lo veía en los campos deportivos donde se congregaban los futbolistas de domingo. Uno me invitaba pastel de frambuesa y el otro, cervezas heladas con tal de enterarse de algún secreto que les permitiera desarmar el corazón de Maura. Yo no entendía por qué querían hacer eso pero, cuando me pedían consejos, le decía al primero que a una mujer como Maura nunca se le podría dar todo y, al segundo, que una mujer como Maura nunca pagaba. Después de escucharme con la misma atención que yo les brindaba, ambos se retiraban con los pies pesados y los hombros caídos, sin fijarse en el gato que comía restos de pescado detrás del restaurante chino o en las nuevas fotografías de mujeres desnudas que adornaban el taller mecánico de don Chema.

—¿Ya te estás cogiendo a la Maura? —me preguntaba el mecánico moviendo la cadera de atrás hacia delante cada que pasaba frente a su negocio—. Diantre de chamaco suertudo —decía entonces entre carcajadas.

Yo nunca entendí lo que quería decir la palabra *diantre* y tampoco me gustó el apelativo de suertudo. Tenía dieciséis años y las mujeres me amaban, eso era todo. La suerte poco o nada tenía que ver con eso.

En esas épocas vivía en el último piso de un edificio que estaba a punto de caerse, por eso la buhardilla húmeda de paredes azul celeste que pagaban mis padres desde Ensenada no costaba mucho. Mes con mes, recibía el giro postal que me permitía costear la renta, comprar algo de comida y algún libro. Lo demás me lo daban las hermanas Quiñones, que me adoraban, o lo recibía de las manos agradecidas de Samuel o Patricio, que se iban convirtiendo poco a poco en mis amigos. Mi madre, sin embargo, se preocupaba constantemente por lo que llamaba las "estrecheces" de mi vida; y sobre eso se explayaba en cada una de sus cartas.

Pascal, ojalá que esta te alcance en buena salud y mejores ánimos. Por acá las cosas siguen igual o no tanto. Tu hermana Lourdes tiene novio nuevo, un tal Ramón Zetina, con quien estoy segura de que terminará casándose —lo cual no me gusta mucho porque el hombre no tiene carácter y tu hermana lo mangonea a su antojo y ya tú y yo sabemos a dónde van a parar las familias donde no hay un hombre que sepa fajarse bien los pantalones. En fin, temo mucho que sea igual a tu padre, quien sigue prefiriendo contar los barcos que pasan por el muelle a trabajar ocho horas diarias en una fábrica de San Diego. Por eso, querido Pascal, aprovecha tu estancia en la capital para convertirte en un hombre verdadero. Nada me llenaría de mayor orgullo. Tu madre que te quiere y te extraña.

Por alguna razón que no atinaba a comprender, las cartas de mi madre siempre me llenaban de pesar. Supongo que por eso las leía a toda prisa y las abandonaba como sin querer, cerca del bote de la basura. Luego me iba corriendo a la casa de las Quiñones, que quedaba solo a dos cuadras. En el camino compraba granos de café y me fijaba en los teléfonos, los charcos, las fotografías de los periódicos y las voces de los merolicos. Cuando atravesaba el jardín bordeado de alcatraces me llenaba los pulmones del olor a rosas de Castilla y dejaba la ciudad atrás, porque para entrar al mundo de las Quiñones, eso había quedado claro desde el principio, todo lo demás tenía que quedar atrás. Al abrir la puerta de la entrada ya me sentía mucho mejor. Me bastaba con ver a Teresa en su sari color ocre y su larga trenza salpicada de piedrecillas brillantes para que me invadiera una extraña sensación de sosiego. Así, en ese estado sin urgencias, me sentaba cerca de Teresa sin hacer ruido y fingía leer alguno de sus libros.

—La identidad es una fuga constante, Pascal —decía con los ojos atónitos y la voz grave—. Nunca le ganaremos a la realidad —concluía.

Yo admiraba la manera en que se atormentaba todos los días y, por eso, me recostaba sobre su regazo, esperando el fluir de sus palabras.

—No te preocupes, Teresa, yo soy lo que tú quieras —le repetía cerca de los senos.

—Te lo dije, Pascal —me increpaba—, estás vacío. ¿Sabes lo que quiere decir la palabra *inerme*?

No lo sabía y tampoco encontraba razón alguna para discrepar de sus opiniones. En su lugar, le sonreía en perfecta calma y total silencio. Ella, a veces, pasaba su mano derecha sobre mi cabello. Otras veces, si estaba de buen humor, nos besábamos sin ruido hasta que oíamos los pasos cansados de Genoveva atravesando el pasillo de afuera.

—¿Dos de azúcar? —le preguntaba, y ella y yo sabíamos por qué sonreía de esa manera.

Después llegaba Maura a transformarlo todo con su presencia.

—¿Viste al gato hoy?

—Detrás del restaurante chino.

—¿Y el anuncio de la corrida de toros?

—Ha estado ahí por dos semanas, Maura.

El interrogatorio podía durar minutos u horas, todo dependía de cuánto aguantara Teresa sin un libro o del cansancio genético de Genoveva. Una vez a solas, no tenía que hacer otra cosa más que esperar. Si algo había aprendido en las muchas tardes que pasaba en la casa de las Quiñones era que la única manera de estar con Maura consistía en esperar, y yo lo hacía con una fe y una dedicación religiosa. La esperaba sobre el sillón y ella llegaba sin remedio y sin prisa.

—Eres mi imán —decía.

Y mis ojos reflejaban entonces el asombro que se provocaba a sí misma cuando era capaz de convertirme en su hierro magnético.

—Cógeme —le murmuraba yo sobre la punta de la lengua y Maura no tenía otra alternativa más que obedecerse a sí misma.

A veces me desabotonaba la camisa de camino al baño, otras me tomaba de la mano y me cantaba una canción de cuna sobre la alfombra. Sus deseos eran mis deseos. Tal vez yo fuera inerme, como decía Teresa, pero mi desamparo y mi indefensión me llevaban a lugares donde era feliz y me sentía a gusto. La casa grande de las Quiñones era uno de esos lugares. Ahí, entre el olor a incienso y bajo la luz inclinada de la media tarde, solo necesitaba abandonarme a mí mismo para ser lo que en realidad era. No tenía ganas de cambiar. No tenía ganas de convertirme en nadie más.

El mundo, desgraciadamente, era real. Lejos de la casa de las Quiñones, el mundo me atosigaba con demandas y sospechas. Patricio, por ejemplo, cada vez hablaba menos de Maura en nuestras reuniones y más de la rareza de las hermanas.

—¿Y tú crees que andar envuelta en esos trapos de colores es normal? —preguntaba Patricio mientras tomaba una cerveza.

—Es un vestido hindú que se llama sari —le aclaraba yo repitiendo las palabras de Teresa—. Es bonito, además —le decía.

Él lo negaba con su cabeza.

—Te están volviendo loco a ti también, Pascal —me advertía entonces y se alejaba con una sonrisa de frustración en el rostro.

Yo todavía no empezaba a dudar.

Samuel, por su parte, empezó a preocuparse por mi futuro.

—¿Qué harás cuando seas grande? —me interrogaba de cuando en cuando, justo cuando más disfrutaba la tarta de manzana y el café expreso al que me tenía acostumbrado.

—Pero si ya soy grande.

Mi respuesta solo le provocaba una sonrisa displicente.

—No puedes ser el objeto sexual de las Quiñones toda la vida, Pascal —me decía—. A menos, claro está, que lo único que desees en la vida sea ser un gigoló.

Su selección de términos me impedía cualquier tipo de gozo. Objeto sexual. Gigoló. Ser grande. A veces me daban ganas de contestarle con alguna de las frases demoledoras de Teresa, pero al ver su mirada fija sobre mis ojos me daba miedo y compasión. ¿Qué le podía decir yo a un hombre que no sabía ni siquiera conquistar a Maura, la más fácil de todas las mujeres? En lugar de destruir su mundo, lo dejaba ir con su convicción a cuestas. Le pesaba tanto que caminaba con los hombros y los ojos caídos, sujeto a sí mismo y ajeno a su alrededor.

Samuel y Patricio me daban lástima y me hacían dudar, pero por meses enteros continué visitando la casa de las Quiñones a pesar de sus advertencias. Apenas si cruzaba la verja del jardín me sentía a salvo y, una vez dentro, me olvidaba de mis recelos y reparos. Ni Teresa ni Genoveva ni Maura me pedían nada, ni siquiera estar ahí pero, cuando lo estaba, las tres me disfrutaban en la misma medida en que yo lo hacía. Yo pensaba que era feliz. Y tal vez porque lo era y no tenía cabal consciencia de serlo, me aproximé a Teresa una tarde no con el silencio que acostumbraba sino con una pregunta inesperada.

—Sabes, Teresa —murmuré cerca de sus senos—, de un tiempo para acá me preocupa lo que haré de grande.

—Pero si ya eres grande —me contestó, empujándome suavemente fuera de su regazo, obligándome a verla a los ojos.

La sorpresa total de su mirada me llenó de otro tipo de temor.

—El mundo, ¿verdad, Pascal? —susurró con la voz tersa.

—Desgraciadamente —le dije más por un reflejo automático que por pensarlo de esa manera.

Nada fue lo mismo después. Los pequeños gestos de rechazo se sucedieron uno tras otro, pequeños al principio y grandes hasta la grosería conforme pasó el tiempo. Cuando, por ejemplo, guardaba silencio frente a las disquisiciones de Teresa, ella me miraba con curiosidad malsana.

—¿En qué estás pensando, Pascal? —me preguntaba.

Ninguna de mis respuestas la satisfacía y ante todas guardaba un silencio aún más pesado que el mío. Después, cuando trataba de masajear el cuello tenso de Genoveva, esta se removía sobre el asiento con una desconfiada impaciencia hasta que daba un salto de gato montés que la alejaba de mí definitivamente. Maura, por su parte, dejó de desear mis deseos aunque yo cada vez deseaba más los de ella. A medida que la rutina en la casa de las Quiñones cambiaba de ritmo, yo me sentía más nervioso en su presencia. Patricio tenía razón, el sari de Teresa podía ser bonito pero era, a todas luces, incómodo. El cansancio de Genoveva no tenía razón de ser. Maura era promiscua. Yo, Samuel tenía razón, me había convertido en el títere de tres mujeres enloquecidas.

Poco a poco dejé de frecuentarlas. En lugar de ir a su casa, dirigía mis pasos al campo de futbol donde me encontraba con Patricio, o a los restaurantes de moda donde comía gracias a la generosidad de Samuel. Mi apariencia cambió también. Me corté el pelo y dejé de usar los mocasines que tanto le gustaban a Genoveva porque no hacían ruido sobre la duela. Mis camisas de botones blancos fueron sustituidas por camisetas arrugadas con logos de equipos de futbol. Empecé a masticar chicle y a fumar de vez en cuando. Así, desaseado, sin cuidar mi apariencia, iba a reunirme con los hombres. Pronto me di cuenta de que la mayoría de las veces solo hablábamos de mujeres. Utilizábamos todos los tiempos: lo que iba a pasar, lo que pasaría, lo que tendría que pasar con ellas. Y, juntos, entre miradas vidriosas y oblicuas, ensayábamos todas las formas del sarcasmo.

—Maura es una puta —dije una vez en una cantina rodeado de amigos.

Como todos parecían ponerme atención, pasé a describirles en gran detalle algunas de nuestras aventuras eróticas en el cuarto de baño de las Quiñones. A pesar de que el licor y las risas me mareaban, no pude dejar de notar que, acaso sin pensarlo, editaba mi relato a diestra y siniestra. Nunca mencioné, por ejemplo, que para tener a Maura entre mis brazos y piernas no tenía que hacer otra cosa más que esperar sobre el sillón de la sala. Cuando mencioné la palabra *cógeme* la puse en sus labios y no en los míos. Según mi relato de cantina, Maura siempre decía que yo era un hombre perfecto al final del acto. Nunca mencioné nada acerca de su idea de la intensidad. Así, despojada de lo que la hacía entrañable para mí, Maura era en realidad una mujer como cualquier otra. Una reverenda puta. Y yo la resentí.

Esa noche, cuando ya iba de regreso a mi buhardilla, sin compañía, pasé como siempre frente a la casa de las Quiñones. Sin poder evitarlo me detuve en la esquina para observarla largamente. Era una casa común y corriente. Una verja de hierro daba entrada a un jardín desordenado, lleno de maleza, donde algunos alcatraces y otras tantas rosas de Castilla apenas si sobresalían entre la hierba. La puerta de la entrada era un simple rectángulo de madera. Y, dentro, como en todas las casas, había una sala, un comedor, una cocina, tres recámaras y dos baños. La veía por fuera y la imaginaba por dentro; y de cualquier manera la casa era la misma. De repente, sin embargo, me descubrí llorando. Tuve ganas de volver a entrar y estuve a punto de intentarlo, pero me detuve en el último momento. Después salí corriendo calle arriba y, en un abrir y cerrar de ojos, regresé calle abajo de la misma manera.

—¡Teresa! —grité desde la acera, pero nadie respondió.

—¡Genoveva! —vociferé mientras trataba de saltar la verja, pero mi voz se perdió en el más absoluto silencio.

Cuando comprendí que todo era inútil, que todo estaba perdido, me puse a llorar como un niño frente a su puerta. No supe cuándo me quedé dormido.

Al amanecer, me dolía todo el cuerpo. Como un convaleciente, me incorporé poco a poco, observando la casa inmóvil sin parpadear, bajo el influjo de eso que Teresa solía llamar melancolía. Me dolía toda su presencia, es cierto; pero más dolía la posibilidad de su ausencia. Nadie me creería. Eso es lo único que pensé por largo rato: nadie me va a creer. Ningún hombre me va a creer. Ninguna mujer. Yo mismo ya lo estaba dudando. Por eso salí corriendo una vez más bajo el sol adusto de la mañana. Subí todos los escalones de dos en dos hasta llegar a mi buhardilla y, casi sin respiración, tomé un lápiz y una hoja de papel y todas las palabras que le conocía a Teresa. Así comencé este relato un 13 de agosto de 1995 a las 6:35 de la mañana. Tan pronto lo terminé, salí una vez más rumbo a los campos de futbol. Los amigos de Patricio me recibieron con algarabía y pronto me sumé a sus filas. Jugamos bien, ganamos ese día. Cuando el último silbatazo detuvo el juego, corrimos los unos a los otros. Nos abrazamos entre sonrisas y maldiciones y, después, nos sentamos alrededor de unas cuantas cervezas. Olíamos a sudor. Poco a poco, mientras ellos contaban chistes y continuaban con el festejo, dejé de escucharlos. El ruido de una sirena que se va. Pensé que Genoveva debía estar llegando a casa en ese momento. Luego, me recosté sobre el pasto y, mirando hacia lo alto, me di cuenta de que empezaba el otoño porque había un extraño lustre dorado sobre las hojas de los eucaliptos.

We sit late, watching the dark slowly unfold:
No clock counts this.[3]

TED HUGHES, "September"

---

[3] Nos sentamos por la tarde, observamos la oscuridad que lentamente se desdobla: ningún reloj cuenta esto.